小船儿划过鱼群，划过繁星

泰戈尔诗选

泰戈尔 著 糜文开 糜榴丽 裴普贤 译

贵州出版集团
贵州人民出版社

目录

contents

园丁集

那是否是真的，是否是真的，

你的爱是否独自穿越生生世世来将我追觅？

序

沈刚伯

糜文开先生在印度时，曾对印度文学下过一番功夫。他翻译的泰戈尔《飞鸟集》被人们认为比以前的几种译本都好，因而颇为畅销。现在糜先生已经由一只漂泊的鸟，变成巢居的鸟，其新夫人裴普贤女士在台大研究并讲授国文多年，对英、日文的文艺作品阅读亦多。她和糜先生既由文字之交，结为连理，更因琴瑟之乐，而益勤写作，竟于蜜月中，共将泰戈尔的《园丁集》译出，作为他们同心合作的象征，并藉示他们愿在缪斯领域中，长做园丁的志趣。这比吕东莱之独成博议，更为隽雅，真算得为今日的艺林添了一段佳话。

目前自由中国的文人都很忙，大半是公事不知从何忙起，家事不知如何忙完，男的忙于生火、扫地，女的忙于洗衣裳、带孩子，三餐粗饭刚上口，便又要为明天的柴、米、油、盐打算，忙着写点东西去换稿费。在这样心境中写出来的作品，怕免不了要多少带些酸气、辣味；如果硬把温柔敦厚的传统尺度拿去衡量它，总会觉得有点不大合适，尽管酸刻而不温柔，辛辣而欠敦厚的诗文并不见得就不好。今日台湾的文艺可说是大体正在这种“穷而后工”的病态中发展。

然而糜、裴两位作家却是例外。他们得天独厚，竟能相互地浸淫于爱和美之中，而摒除一切人世间的烦恼。唯其如此，才能体验出泰戈尔所说万有的爱和美的真谛，因在翻译他对于万有的爱和美的那些赞颂时经过很亲切的揣摩，他们的译笔自然是信而且达了。我不能作诗，更不会译诗，实在说不出什么内行话来誉扬两位的作品，可是我记得泰戈尔曾说过他的诗在百年之后，仍当有人诵读。我现在希望，并祝福，这译本的流传也会如此。

1957年7月

译者弁言

这本诗集是泰戈尔跃登世界文坛的成名作。原系孟加拉国文，由他自己译成英文，于一九一二年携带出国，游历欧美各邦，大受西方人士的欢迎，因而一举成名。翌年，他更以《颂歌集》荣获诺贝尔文学奖金，震惊世界。沉闷的欧美文艺界，吸进了这口新鲜的空气，顿时头脑清新，激荡出一股新的潮流来。这两书影响之大，可想而知。因此，这两本集子，也最值得我们讽诵研究，细加玩味。据泰戈尔自述，《颂歌集》是纯粹的宗教诗，而这本《园丁集》是爱和生的抒情诗。

《颂歌集》的迻译，很费时费力。现在《园丁集》的翻译工作，得内子普贤的合作，却很快就完成了。工作开始时，我们随意挑一篇各据一原本闭门试译，再一起拿来仔细比较两人译笔的得失，撷取两方的优点，合铸成一篇较佳的译作。后来各选自己喜欢的译，译成后互相校订润饰。而最后剩下难译的几篇，则两人一同来揣摩研究，解决困难，逐一译出。这样兴趣很好，不到两个月，八十五篇全部都译完。

普贤和我原是台大文学院的同事，但是我们的认识，却在沈刚伯先生的家里，我们的结合，沈夫人是介绍人。《园丁集》的翻译，是我们婚后第一次的合作，我们恭请沈先生赐撰序文，以留纪念。沈先生在序文中祝福这译本百年流传，这是似易而实万难实现的事，这过高的期望，使我们十分惶恐，不得不把全部译文再重新推敲一遍，尽其在我，以冀万一，并志数语，以表对沈先生阖府的谢忱。

1957年8月文开记于台北中和乡

1

侍臣

怜悯你的侍臣吧，女王！

女王

会已开完，我的侍臣们已散，你为什么来得这样晚？

侍臣

要你接见别人以后才轮到我。

我来请问，留下了什么事情，给你最后的侍臣去做。

女王

现在太迟了，你还能希望什么呢？

侍臣

派我做你花园的园丁。

女王

这是多么愚蠢啊！

侍臣

我不愿干别种的工作。

我把我的刀枪扔在地下。不要派遣我到远处的宫庭，不要命令我从事新的征战，只要求派我做你花园的园丁。

女王

那么你负些什么责任呢？

侍臣

侍奉你闲暇的时日。

我将使你清晨散步的草径保持新鲜，在那里你玉趾的每一脚步都受到繁花的欢迎，受到它们拼命地礼赞欢迎。

我将使你在七叶树的花枝间荡秋千，在那里，黄昏的早月将挣扎着穿过树叶来吻你的衣裙。

我将用香油注满点燃在你床头的灯盏，并用檀香和郁金的软膏做成奇妙的图案，来装饰你的脚凳。

女王

那么你要什么酬报？

侍臣

容许我握你那娇嫩如莲蕾的纤手，把花环戴在你的手腕上；用无忧花瓣的鲜汁涂染你的足掌，而且吻去偶或沾留在那儿的尘土之污斑。

女王

你的请求我答应了，我的侍臣，你可做我花园的园丁。

2

“啊，诗人，黄昏渐渐临近了，你的头发在转成灰白！

“你在孤寂的默想中，可曾听到来世的讯息？”

诗人说：“是黄昏了，我正谛听着，因为也许有人会从村庄呼喊，虽则天已很晚。

“我留意是否年轻的散失之心已相会，两对热切的眼，祈求音乐来打破他们的沉默，代他们诉说一番。

“假使我坐在生命的海岸上默想死亡与来世，那么，有谁来编制他们热情的歌曲？”

“黄昏的早星隐没了。

“火葬柴堆的光焰在静寂的河边慢慢地熄灭了。

“在残月的清光里，从荒屋的庭院中传来豺狼的合唱声。

“假使有个流浪者离开了家来此守望那夜色，低头谛听黑暗的喃喃自语声；假使我关闭着门户，竟想离开那尘世的羁绊而自求解脱；那么，有谁来向他耳中低语那生命的秘密？”

“我的头发转成灰白，只是小事一件，无足轻重。

“我永远同这村中最年轻的一样年轻，最年老的一样年老。

“有的人微笑，甜蜜而单纯，有的人眼睛里闪烁着狡黠的目光。

“有的人白日里泪如泉涌，有的人躲在黑地里吞声饮泣。

“他们都需要我，我无暇去思想来世的一切。

“我和每一个人是同年伴，假使我的头发灰白了，那算得了什么一回事？”

3

清晨，我把网撒到海里去。

从黯黑的深渊，我拖出一些奇异瑰丽的东西，有的像一个明媚的微笑，有的像晶莹的泪珠的闪耀，有的泛溢着新娘面颊般的红晕。

当我背着一天的收获回家时，我的爱人正坐在花园里悠闲地撕着一朵花的花瓣儿。

我迟疑了一下，然后把我所有捞获的东西放到她的脚边，默默地站在那儿。

她瞥视了一下说："这是些什么怪东西？我不知道它们有什么用处。"

我羞愧得低头沉思："这些并不是我去争斗来的，也不是从市场上买来的；这些，对于她是不合适的赠礼。"

于是在一夜之间，我把它们一个个地扔到街上去。

早晨，旅客们到来，他们把这些东西捡起带到遥远的国度去。

4

啊！为什么他们把我的房屋建筑在通往市场的路边？

他们把载满货物的船只碇泊在我的树丛的附近。

他们来来往往，任意游荡。

我坐在那儿看他们；我的时光就此耗损。

把他们赶走，我做不到，而我的日子就这样消逝了。

夜晚和白昼，他们的脚步声在我门旁响着。

我徒然叫喊：“我不认识你们。”

他们之中，有些人我的手指认识，有些我的鼻孔认识，我血管中的血液似乎认识他们，而他们有的却是我梦幻里的熟人。

把他们赶走我做不到。我招呼他们，说道：“不论是谁，愿意的就到我屋子这儿来吧。是的，来吧！”

清晨，寺院里响起了钟声。

他们手提着筐篮来到了。

他们的两脚润红，脸上映着曦微的晨光。

把他们赶走，我做不到。我招呼他们，说道：“到我的花园来采撷花朵吧。到这儿来吧！”

正午时宫殿的门口响起了铜锣的声音。

我不知道为什么他们放下他们的工作而在我篱边逡巡。

他们头发上的花朵苍白而枯萎；他们笛子里发出的音调懒散而低微。

把他们赶走我做不到，我招呼他们，说道：“我这儿的树荫很凉爽。来吧，朋友们　”

夜晚，蟋蟀在树林里唧唧鸣叫。

那慢步来到我的门前，轻轻叩门的是谁啊？

我模糊地看到他的脸，他一言不发，天空的寂静笼罩着四周。

把我缄默的来客赶走我做不到，我透过黑暗瞧他的脸，多少酣梦的时刻消逝了。

5

我焦躁，我渴想遥远的东西。

我的灵魂为热望碰触那朦胧远方的边缘而出窍。

哦，伟大的远方，哦，你笛子的热烈呼唤！

我忘却，我老是忘却，我没有翅膀来飞，我始终被羁留在这个地点。

我热切，我惊醒，我是一个异域的生客。

你的呼吸对我悄悄地说着一个不可能的希望。

你的言语深获我心，便像是我自己说的一般。

哦，梦寐求之的远方，哦，你笛子的热烈呼唤！

我忘却，我老是忘却，我不识路途，我没有生翼的天马。

我没有留意，我是一个在我心中流浪的人。

在阴郁时刻的晴朗烟霞中，你的多么广大的幻影，显现在天空的一片蔚蓝里！

哦，天涯海角的远方，哦，你笛子的热烈呼唤！

我忘却，我一向忘却我独居之屋里的门户处处都关闭着！

6

被饲养的鸟住在笼子里，自由之鸟住在山林中。

它们在机缘凑巧的时候相会了，那原是命运的安排。

自由鸟高声喊叫道：“啊，亲爱的，让我们飞到林中去吧！”

笼中鸟悄声说：“到此地来，让我们都住在笼子里吧！”

自由鸟说：“笼子里哪儿有展翼的余地？”

“啊呀！”笼中鸟喊道，“在天空里我不知道哪儿是栖身之所。”

自由鸟大声叫道：“亲爱的，唱些森林之歌吧！”

笼中鸟说：“坐在我身边，我教你一些学者的语言。”

林中鸟喊道：“不，啊不，歌曲是永远不能教的！”

笼中鸟说：“可怜的我，我是不懂森林之歌的呀！”

它们的爱情因渴慕而热切增强，然而它们却永不能比翼双飞。

透过笼子的栅栏，它们相对凝视，可是想彼此了解的愿望却是徒然的。

它们在热望中扑动双翅，唱道："靠得更近些吧，亲爱的！"

自由鸟叫道："这办不到，我害怕那笼子上关闭着的门扉。"

笼中鸟悄声说："啊呀，我的双翅无力而僵硬了。"

7

哦，母亲，年轻王子要打从我们门前经过，今朝我怎能从事于我的工作？

指点我，怎样梳理我的头发；告诉我，穿上什么新装。

你为什么吃惊地瞪着我啊，母亲？

我清楚地知道他将不会一顾我的窗子，我知道他将在一转瞬间便走过我的视线，只剩那消失的横笛之曲调，远远地向我呜咽泣诉。

但是年轻王子将从我们门前经过，就为那一刹那我将穿戴我最好的服饰。

哦，母亲，年轻王子已经走过我们的门前，朝阳闪耀了他的车辇。

我把我脸上的面纱掠向一边，我从颈上拉下我红宝石的项链，抛掷在他要经过的路上。

你为什么吃惊地瞪着我啊，母亲？

我清楚地知道他不曾拾起我的项链；我知道项链碾碎在他的车轮下，剩下一个红色污点在尘埃中，而无人知道我的礼物是什么，也不知道是送给谁的。

但是年轻王子已经走过我们的门前，而我把我胸前的珠宝抛掷在他经过的路上。

8

当灯光在我床头熄灭时，我和早起的鸟儿一同醒来。

我在蓬松的头发上戴了新鲜的花冠，坐到我开着的窗口。

在早晨玫瑰色的雾霭里，年轻的旅客，沿着大路走来。

珍珠项链挂在他的颈项上，阳光落在他的皇冠上。他停在我的门前，热切地高声问我："她在哪儿？"

因为很怕羞，我难于启齿，说："她是我，年轻的旅客，她就是我啊！"

时已黄昏，灯盏还未点亮。

我没精打采地编结着我的发辫。

在夕阳的红光中，年轻的旅客，乘着马车到来。

他的马匹嘴里吐着泡沫，他的衣服上撒满了尘土。

他在我的门口下了车，用一种疲乏的声音问道：

“她在哪儿？”

因为很怕羞，我难于启齿，说：“她是我，疲乏的旅客，她就是我啊！”

是一个四月的夜晚，我的房里点亮了灯。

南来的微风柔和地飘扬，吵闹的鹦鹉已在笼中瞌睡。

我的胸衣是孔雀颈项的颜色，我的外套有如嫩草般青翠。

我坐在窗口的地板上，凝望着阒无行人的街道。

整个的黑夜，我一直都在低吟：“她是我，失望的旅客，她就是我啊！”

9

当我在夜里独自去赴我爱人的约会，鸟儿不鸣，风儿不动，街道两旁的房屋悄然静立。

只有我自己的踝铃声一步响似一步，使我自觉羞惭。

当我坐候在我的露台上谛听他的足音，林间的树叶不发萧萧之声，河里的流水静止着有如入睡哨兵膝上的宝刀。

只有我自己的心狂跳着我不知怎样去平静它。

当我的爱人到来，坐在我身边，那时我的身体震颤，我的眼睑下垂，夜色黝黑而风吹灯灭，云儿拉上帷幕遮盖掉星辰。

只有我胸前的珠宝闪耀生光，我不知怎样去掩蔽它。

10

放下你的工作吧，新娘，听，客人已经来到了。

你可听到他不是正在轻轻摇动拴住大门的锁链吗？

当心不要让你的脚镯发出响亮的声音，你迎接他的脚步也不要过于急促。

放下你的工作吧，新娘，客人已经在黄昏里来到了。

不，那不是阴森森的风声，新娘，不要害怕。

是四月夜晚的满月；庭院的阴影是暗淡的；头上的天空是晴朗的。

把面纱蒙在你的脸上吧，如果你一定要那样做；把灯盏带到门口去吧，如果你害怕。

不，那不是阴森森的风声，新娘，不要害怕。

如果你怕羞，就不要同他讲话吧；当你迎接他时，站在门的一边好了。

如果他问你问题，而你愿意缄默，就不妨默默垂下你的眼睛。

当你手持灯盏引他进来时，不要让你的手镯叮叮当当。

假如你害羞，就不要同他讲话吧。

你还没完成你的工作吗，新娘？听，客人已经来到了。

你还没点亮牛棚里的灯盏吗？

你还没准备好晚祷时奉献的花篮吗？

你还没在你头发的分梳处涂上吉祥红点吗？你的晚妆还没停当吗？

啊，新娘，你可听到客人已经来到了吗？

放下你的工作吧！

11

当你前来，请勿滞留在你的梳妆台上。

假使你的发辫松散了；假使你分发的路没有分直；假使你胸衣上的缎带没有系住，都没有关系。

当你前来，请勿滞留在你的梳妆台上。

来吧，用快步越过那草地。

假使你脚上的朱红因露湿而褪色；假使你踝铃的声音不响亮了；假使你项链上的珠子脱落了，都没有关系。

来吧，用快步越过那草地。

你看到那云霾遮蔽了天空吗？

鹤群从远处的河岸飞起，突发的狂风偷袭过荒地。

焦急的牛群奔向它们村中的牛棚。

你看到那云霾遮蔽了天空吗？

你点燃你梳妆台的灯也徒然，它在风中摇曳熄灭了。

谁能知道你眼睑上不曾碰到灯煤呢？因为你的眼睛比雨云还黑。

你点燃你梳妆台的灯也徒然，它熄灭了。

就照你这样来吧，请勿滞留在你的梳妆台上。

假使花环还没有编成，有谁在意呢？假使腕链还没有系上，那就算了。

天空满布云霾，时间已迟了。

就照你这样来吧，请勿滞留在你的梳妆台上。

12

如果你愿意忙碌，愿意灌满你的水壶，来吧，啊，到我的湖边来吧。

湖水将亲切地偎依在你的脚边，潺潺地诉说它的秘密。

欲雨的阴暗笼罩着沙滩，云层低压在一排青碧的树木上，正如眉毛上面覆盖浓重的头发。

我很熟悉你脚步的韵律，它们在我心坎上拍奏。

来吧，啊，到我的湖边来吧，如果你一定要灌满你的水壶。

如果你愿意偷懒闲坐，并且让你的水壶在水上漂浮，来吧，啊，到我的湖边来吧。

草坡一片碧绿，野花无数。

你的思想将似鸟儿离巢般从你乌溜溜的眸子里逸出。

你的面纱将落到你的脚边。

来吧，啊，到我的湖边来吧，如果你一定要闲坐。

如果你愿意丢下你的游戏，愿意在水里潜游，来吧，啊，到我的湖边来吧。

把你蓝色的斗篷留在湖畔吧，碧绿的湖水将掩藏起你。

波浪将踮起脚尖儿去吻你的颈项，在你耳边悄声细语。

来吧，啊，到我的湖边来吧，如果你愿意在水里潜游。

如果你一定要疯疯癫癫，一定要跃向死亡，来吧，啊，到我的湖边来吧。

湖水冰凉而深不可测。

湖水黑暗像无梦的酣眠。

在湖水的深处，昼夜不分，歌曲就是沉默。

来吧，啊，到我的湖边来吧，如果你愿意投水自尽。

13

我无所要求，就只愿站在那儿，站在森林边缘的树后面。

黎明的倦眼犹自惺忪，空气中仍含朝露。

湿草的懒意，悬留在地面上的薄雾中。

在菩提树下，你用你的柔软鲜艳如白脱油般的手挤那母牛的乳。

而我兀自站在那儿。

我默不作声，从林薮传来看不见的鸟儿之清音。

芒果树的花儿向村路上飘落，一只只的蜜蜂嗡嗡地飞来。

在池塘边自在天寺的大门敞开着，礼拜者开始了他的讽诵。

你将盆儿放在膝头张着挤牛乳。

我拿着空罐站在那儿。

我没有走近你。

庙里的锣声惊醒了天宇。

大路上尘土飞扬，起自被驱牧群的牛蹄。

水声汩汩的水壶靠在臀部，妇女们自河边归来。

你的手镯儿叮当，泡沫溢出牛乳瓶外。

清晨将度过，而我没有走近你。

14

中午已过，竹枝在风中沙沙作响，我踯躅在路旁，不知道为了什么。

前俯的树影伸出手臂捉住匆促日光的双足。

布谷鸟唱厌了它们的歌曲。

我踯躅路旁，不知道为了什么。

悬垂的大树，荫蔽着水边的茅舍。

有个人在忙着她的工作，她的手镯在角落里奏出音乐来。

我站立在茅舍的门前，不知道为了什么。

曲折的小径，通过许多块芥菜田，许多个芒果林。

它经过村子里的寺院，码头上的市集。

我停留在茅舍的旁边，不知道为了什么。

那是多年前，微风飘拂的三月天，春的细语是慵倦的，芒果花正掉落在尘土上。

粼粼的水波急荡，水花舐吻着放在河畔踏级上的铜壶。

我怀念那微风飘拂的三月天，不知道为了什么。

黑影渐浓，牛羊也回到它们的栏里去了。

孤寂的牧场上暮色苍茫，村里的人正在岸边等候渡船。

我慢慢地踱回我的脚步，不知道为了什么。

Magritte

Magritte

15

我飞驰着像一只麝鹿，因自己的香气而疯狂，飞驰于森林的阴影里。

夜是五月中旬的良夜，风是从南方来的熏风。

我迷途，我漫游，我寻觅的东西我不能获得，我获得的非我所寻觅。

我自己欲望的肖像从我心头出来舞蹈。

那闪烁的幻象飞翔着。

我想紧紧地握住它，它却避开我，引我入迷途。

我寻觅的东西我不能获得；我获得的非我所寻觅。

16

手挽着手，凝眸相视：如此开始了我们心声的记录。

那是三月里的月明之夜；空气里飘荡着指甲花的芬芳馥郁；我的横笛被遗忘在地上，你的花环还没编好。

你我之间的这种爱情，单纯似一支歌曲。

你的郁金色的面纱使我两眼迷醉。

你为我编的素馨花环像赞美词似的使我意乱神迷。

那是一种欲予故夺，欲露而故藏的游戏；一些微笑，一些轻微的羞怯，还有一些甜蜜的无用的挣扎。

你我之间的这种爱情，单纯似一支歌曲。

没有超越现实的神秘，没有对不可能的事物的强求，没有藏在魅力背后的阴影，也没有在黑暗深处的摸索。

你我之间的这种爱情，单纯似一支歌曲。

我们并不离弃一切语言而走入永远缄默的歧途；我们并不向空虚伸手，去探求超乎希望的事物。

我们所付出的和所获得的已经足够。

我们不曾欢乐过度，不致从欢乐中榨出痛苦的醇酒。

你我之间的这种爱情，单纯似一支歌曲。

17

黄鸟在树上唱歌，使我心愉快而舞蹈。

我俩同村而居，这便是我们的一项欢喜。

她宠爱的一对小羊来到我们花园里树荫下吃草。

假使小羊闯入我们的大麦田，我就把它们双手抱起。

我们村庄的名字叫坎伽那，我们的河被称为安伽那。

我的名字全村都知道，她的芳名叫兰伽娜。

我俩之间只隔着一块田地。

蜜蜂营巢于我们的树林里，飞到她们那边去采蜜。

她们河埠上扔下的花朵，漂浮到我们沐浴的河边来。

一篮篮干的古斯姆花从她们的田里，送到我们的市场上来。

我们村庄的名字叫坎伽那，我们的河被称为安伽那。

我的名字全村都知道，她的芳名叫兰伽娜。

通达她屋子弯弯曲曲的小巷，春天有芒果花的芬芳。

当亚麻子在她们的田里成熟而收获，大麻在我们的田里开花。

她们屋顶上的星星微笑着，送给我们同样一闪闪的眼光。

雨水涨满了她们的池塘，也愉悦了我们的迦达姆树林。

我们村庄的名字叫坎伽那，我们的河被称为安伽那。

我的名字全村都知道，她的芳名叫兰伽娜。

18

当姊妹俩去汲水时，她们来到这个地方就微笑了。

她们一定觉察到了：每逢她们去汲水，总有个人站在树木的后方。

当她们经过这个地方，姊妹俩窃窃私语。

她们一定猜到了那个人的秘密，每逢她们去汲水时，他总是站在树木的后方。

她们的水壶突然倾斜，壶里的水往外流泻，当她们来到这个地方。

她们一定发觉那个人在心跳，每逢她们去汲水时，他总是站在树木的后方。

姊妹俩相视而笑，当她们来到这个地方。

在她们轻捷的脚步里有一种使那人心迷意乱的欢笑；每逢她们去汲水时，他总是站在树木的后方。

19

你抱着装满的水壶在你的臀上，走过河边的小径。

你为什么迅捷地转过脸来，透过飘扬的面纱窥视我？

你从黑暗中投到我身上的闪耀的顾盼，像微风透过粼粼水波，送来一阵颤抖而又把它吹向荫翳的岸边。

你投到我身上的顾盼，像黄昏时的飞鸟急速地穿过无灯的房间，从一个开着的窗子进去，从另一窗子飞出，而消失在黑夜里。

你隐藏着，像星星之在山岭后面，而我是路上的一个过客。

但是为什么你停留片刻，透过面纱瞥视我，当你抱着装满的水壶在你臀上，走过河边的小径？

20

日复一日，他来了又去了。

去吧，朋友，从我的鬓发上摘下一朵花儿去送给他吧。

如果他问赠者是谁，我恳求你不要告诉他我的名字，因为他只不过是来了又去了。

他坐在树下的尘土里。

我的朋友，用花和叶在那儿铺个坐垫吧。

他的眼神是悲哀的，也给我带来了悲哀。

他并不诉说他的心事，他只不过来了又去了。

21

在天刚破晓的时候，这个流浪的年轻人，为什么偏偏来到我的门口呢？

当我出出进进，每次打他身边经过时，我的眼睛总被他的面孔吸住。

我不知道是应该同他讲话呢　还是保持缄默，为什么他偏偏来到我的门口呢？

七月里阴沉的夜是黑暗的，秋空的蓝色是柔和的，南风熏人的春日是摇神荡魄的。

每次，他都是用新颖的调子编织他的歌曲。

我放下我的工作而我的眼睛模糊不清，为什么他偏偏来到我的门口呢？

22

当她快步从我身边经过时，她的衣裙的边缘碰触了我。

从一个心灵的无名岛上，吹来一股突如其来的春天里温暖的气息。

衣裙疾速碰触的飘动拂拭着我，而转瞬即逝，仿佛那撕碎的花瓣飘荡在微风里。

这飘忽的碰触落在我的心上，仿佛是她肉体的叹息，仿佛是她心灵的低诉。

23

为什么你只是悠闲地坐在那儿，弄得你的手镯叮当作响呢？

灌满你的水壶吧，是你回家的时候了。

为什么你只是悠闲地双手搅动着河水，时而瞥视大路上的什么人？

灌满你的水壶回家来吧。

早上的辰光逝去黝黑的河水奔流不已。

波浪只是悠闲地喧笑着，又窃窃私语。

在那丘陵的彼方，浮云已聚集在天边了。

浮云徘徊留连，只是悠闲地望着你的脸微笑。

灌满你的水壶回家吧。

24

朋友，不要守住你内心的秘密！

悄悄地告诉我吧，只告诉我一个人。

你，那么温和的微笑，轻柔的低语，我的心会听到，而不是我的耳朵。

夜深了，屋子静寂，鸟巢也笼罩着睡意。

透过欲泣犹止的眼泪，透过踌躇不决的微笑，透过甜蜜的羞怯和痛苦，把你心中的秘密告诉我，告诉我吧，朋友！

25

“年轻人，到我们这儿来，老老实实地告诉我们，为什么你眼睛的神态，露着疯狂？”

“我不知道我喝了一种什么野罂粟花的酒，使得我的眼睛露着疯狂。”

“啊！真丢人！”

“噢！有些人是聪明的，有些是愚蠢的，有些人是谨慎的，有些却是粗心大意的。有些眼睛微笑，有些眼睛流泪，而在我的眼睛里却是疯狂。”

“年轻人，为什么你一动也不动地站在树荫里？”

“我心里的重担使得我的双脚疲惫，所以我就一动也不动地站在树荫里。”

“啊！真丢人！”

“噢！有些人迈步前进，有些却徘徊逡巡，有些人自由自在，有些却被囚禁，而我的双脚，就因心里的重担，觉得步履艰难。”

26

“我接受你自己乐于施舍的，我别无他求。”

“是的，是的，我懂得你，谦逊的乞者，你要求的是人家所有的一切。”

“假使有一朵飘零的落花给我，我将把它戴在我的心上。”

“但是，假使那儿有刺呢？”

“我就忍受。”

“是的，是的，我懂得你，谦逊的乞者，你要求的是人家所有的一切。”

“假使你抬起爱的眼睛看我的脸，哪怕只是一次，也将会使我生命甜蜜而置死亡于度外。”

“但是，假使只有些残酷的眼色呢？”

“我就留着它们刺穿我的心。”

"是的，是的，我懂得你，谦逊的乞者，你要求的是人家所有的一切。"

27

“相信爱情吧，纵然它会给你带来悲辛，不要关上你的心扉。”

“啊不，我的朋友，你的话太暧昧，我不能懂得。”

“我的爱人！心就只是为了带给别人一滴眼泪，一支歌曲的啊！”

“啊不，我的朋友，你的话太暧昧，我不能懂得。”

“欢乐脆弱得像一颗露珠，当它笑时它即死去。然而悲辛却强韧而坚毅。让悲辛的爱情在你眼里清醒！”

“啊不，我的朋友，你的话太暧昧，我不能懂得。”

“莲花在太阳的青睐中开放，因而失去它所有的一切。于是，就不会留在无尽的冬日之雾里含苞待放了。”

“啊不，我的朋友，你的话太暧昧，我不能懂得。”

28

你那探询的眼睛是悲哀的。它们想了解我的意思，正如月亮之想探测大海的深度。

我已经把我的生活从头到尾袒露在你眼前，毫无隐蔽，毫无保留。这就是你不了解我的缘故。

假使它只是一块宝石，我就能把它剖成一百颗，串成项链，戴在你的脖子上。

假使它只是一朵花，浑圆、玲珑而又芳香，我就能把它从花茎上摘下来插在你的头发上。

然而，它是一颗心啊，我的心爱的，哪儿是它的边儿，哪儿是它的底儿呢？

你不知道这个王国的疆界，可是你仍然是这个王国的皇后。

假使它只是片刻的欢乐，它就会在轻盈一笑中绽成花朵，而你就能在这刹那间，看到它，领会它。

假使它仅仅是一种苦痛，它就会融化成晶莹的泪水，不用说一句话就能反映出最隐闭的秘密。

然而，它是爱情啊，我的亲爱的。

它的欢乐和痛苦是无限的，它的贫乏和富裕是无尽的。

它像你的生命一般贴近你，但你却永远不能完全了解它。

29

对我说吧，我的爱人！把你所唱的用言语告诉我吧。

夜是黑暗的。星星被隐没在云层里。风在树叶间呼啸着。

我要让我的头发披散。我的蓝色斗篷像黑夜似的把我团团围住。我要把你的头抱到我的口；而你就在这甜美的孤寂里，喃喃诉说你的心事，我会闭目聆听。我绝不凝视你的脸孔。

当你的话说完了，我们就默然静坐。只有树木将在黑暗中耳语。

夜将泛白，天就要破晓。我们将凝眸相视，然后分道扬镳。

对我说吧，我的爱人，把你所唱的用言语告诉我吧！

30

你是我梦幻的天空中飘浮着的晚霞。

我永远用爱的渴望来描绘和塑造你的形象。

我无穷梦幻中的居住者啊！你是我的心肝，我的心肝啊！

我夕阳之歌的搜集者啊！你的双足因我心头欲望的霞光而红润。

你的嘴唇因我的痛苦之酒的味道而甜中带苦。

我孤寂的梦幻中的居住者啊！你是我的心肝，我的心肝啊！

常出没在我凝眸睇视中的人儿啊，我已用我热情的阴影遮黑了你的眼睛！

我爱！我已经用音乐之网逮住了你，裹住了你！

我不朽的梦幻中的居住者啊！你是我的心肝，我的心肝啊！

31

我的心是荒野之鸟，在你的双眸中找到了它的天空。

它们是清晨之摇篮，它们是星星的王国。

我的歌曲消失在它们的深渊。

让我只在那天空翱翔，在那天空的孤寂无垠中。

让我只拨开那天空里的云雾，在日光之中展翼翱翔。

32

告诉我这个是否完全真的，我的爱人，告诉我是否真的：

当我的眼睛闪烁出电光，你胸中的乌云就报之以风暴。

我的嘴唇是否真的像第一次意识到的爱情花苞初放时那么甜蜜？

是否那逝去的五月之记忆竟还在我手足之间萦系？

是否我的双足碰触大地时，大地竟为之震动得像竖琴奏出它的乐歌？

那么，当黑夜看到我便眼里落下露珠，晨光围住了我的身体就欢欣喜悦，这可也是真的？

你的爱情历尽千年万代走遍天涯海角来寻找我，这是真的？这可是真的？

那是真的吗？当你终于找到了我，你那年深月久的热情就在我温柔的言谈、眼睛、嘴唇和飘散的头发里找到了完满的安宁？

那么，宇宙的奥秘就写在我那渺小的额角上，可也是真的？

告诉我，吾爱，这一切可都是真的？

33

心爱的人儿我爱你，请原谅我的爱情吧。

我像一只迷失方向的鸟儿，堕入了情网！

当我的心在被震动时，就失落了它的面纱而袒露无遗。用怜悯盖住它，心爱的人儿，并且原谅我的爱情吧。

假使你不能爱我，心爱的人儿，那么就原谅我的痛苦吧。

不要远远地对我端详。

我要悄悄地溜回我的角落，坐在黑暗里。

我要用双手遮盖我赤裸的羞耻。

转过脸去吧，心爱的人儿，而且原谅我的痛苦吧。

假使你爱我，心爱的人儿，就原谅我的喜悦吧。

当我的心被幸福的浪潮卷走时，不要嘲笑我危险的放肆吧。

当我坐上我的宝座，用爱情的专制统御你，当我像个女神般赐给你我的宠爱时，心爱的人儿，容忍我的骄傲，而且原谅我的喜悦吧。

34

不要离开，我爱，没有得到我的同意请不要离开。

我已看守了整夜，而今我的双眼因困倦而沉重。

我不敢熟睡，唯恐在睡熟时失去了你。

不要离开，我爱，没有得到我的同意请不要离开。

我惊跳起来，伸手去摸触你，我自问：“莫非是梦吗？”

但愿我能用我的心缠住你的双脚，把它们紧紧拥在我的胸前！

不要离开，我爱，没有得到我的同意请不要离开！

35

唯恐我太不费事地就懂得了你，所以你故意逗弄我。

你用笑的闪烁来迷眩我，以掩饰你的眼泪。

我知道，我知道你玩的游戏：

你从来不说出你想说的。

唯恐我不珍爱你，你就千方百计地规避我。

唯恐我把你同群众混淆，你就站到一边。

我知道，我知道你玩的游戏：

你从来不走你想走的路子。

你的要求多过他人，这就是你所以缄默的缘故。

你用玩笑的方式，漫不经心的神情回避了我的礼物。

我知道，我知道你玩的游戏：

你从来不接受你想接受的东西。

36

他低声悄语："我的爱人，抬起你的眼睛来！"

我严厉地呵斥他，我说："走开！"但他丝毫不动。

他站在我的面前，握住我的双手。我说："离开我！"然而他就是不走。

他把脸凑近我的耳朵。我白了他一眼，我说："真不害臊！"但他并不挪动。

他的嘴唇碰触我的面颊，我发抖了，我说："你太放肆了！"但他并不觉得可羞。

他插了一朵花在我的头发上，我说："这是没有用的！"但他就是站在那儿一动也不动。

他从我的颈项上拿了花环离我而去，我哭泣着扪心自问："他为什么不回来呢？"

37

美人儿，把你那鲜花环套在我的颈子上好吗?

但是你必须知道那个我所编织的花环是为许多人而编的：为那些只在刹那间见得到的人，那些住在未开发的处女地上的人，那些生活在诗人的颂歌中的人。

要求我的心去报答你的，那是太晚了。

曾经有一时期，我的生命像蓓蕾，所有的芳香，都贮藏在核心里。

可是如今已散布得既远且广了。

谁会一种可以把它重新聚集并封藏起来的魔法呢?

我的心，不是我自己的，我的心是要献给许多人的。

38

我的爱人，从前你诗人的心湖里曾航行着一首伟大的史诗。

啊！我一不小心，使它碰撞了你叮当的脚镯，以致落了个不幸的结局。

它破碎成零乱残缺的歌曲，散落在你的脚边。

我所载运的一切古代战争的故事，都被那哗笑的波浪冲激震荡，浸透了泪水而沉没了。

你必须赔偿我这损失，我的爱人！

假使我对死后流芳万世的希望破灭了，那你就使我在活着的时候不朽吧。

那样我就不惋惜我的损失也不谴责你了。

39

我整个早上，想要编织一个花环，可是花朵溜滑而纷纷脱落。

你坐在那儿，透过你窥探的眼角偷偷地瞅着我。

问问这对在暗中出坏主意的眸子吧，这到底是谁的过失？

我想唱一支歌，可是唱不成。

一个隐约的微笑在你的唇上颤震，问问它，我失败的原因吧。

让你微笑的嘴唇发誓说：我的声音如何隐没在静默里，正如陶醉的蜜蜂隐没在莲花里。

黄昏了，是繁花合拢花瓣的时候了。

允许我坐在你的身边，并命令我的嘴唇去做在静默中朦胧的星光下所能做的事吧。

40

当我来向你告别时，一丝怀疑的微笑掠过你的眼睛。

我已经惯常向你告别，所以你认为我不久就回来的。

说实在的，我的心里也有同样的怀疑。

因为：一次次春天去了会再来；满月亏了会再圆；年复一年，花儿谢了也会再开。那么，我向你告别也好像只是为了再回到你的身边来。

但暂时保留这幻想吧，不要粗率地把它匆匆送走。

当我向你说要永远离开你时，就把它当作真话吧，也好让那迷蒙的泪水暂时使你的眼圈更加红润。

那么，当我回来时，你再随心所欲地调笑吧。

Magritte

magritt

41

我渴望着说出那些必须向你倾诉的深情，可是我不敢，因为怕你会笑我。

这就是为什么我嘲笑自己而玩笑似的损毁我的秘密。

我看轻我的痛苦，因为恐怕你会如此。

我渴望着告诉你那些必须向你倾诉的心曲，可是我不敢，怕你不相信这些话。

这就是为什么我用谎话来掩饰真意，而说些和本意相违的言词。

我使我的痛苦显得荒诞无稽，因为恐怕你会如此。

我渴望把我要对你说的用最高贵的言语说出，可是我不敢，怕的是你不用同等价值的话来回答我。

这就是为什么我用一些恶名称呼你，而夸张我冷酷的力量。

我伤你的心，为的是怕你永不懂任何痛苦。

我渴望默坐在你身边，可是我不敢，生怕我的舌头会泄露我心里的情感。

这就是为什么我喋喋不休信口雌黄，把我的心隐藏在言语的后面。

我粗暴地对待我的痛苦，因为恐怕你会如此。

我渴望从你身边逃脱，可是我不敢，因为怕我的怯懦会被你察觉。

这就是为什么我趾高气扬，而且满不在乎地来到你的面前。

你那目光不断地对我刺射，使我的痛苦常新。

42

啊！疯狂了，酩酊大醉了；

假使你踢开大门，在大庭广众之中装傻逗乐；

假使你轻视节俭，在一夜之间囊空如洗；

假使你在奇妙的幽径上漫步，玩赏一些无用的东西；

你既不注意韵律也不讲求条理；

假使你在暴风中扬帆启航，却把船舵折成两半，

那么，我就学你的样，同志，喝得烂醉而趋向堕落。

我为陪伴一些稳健聪明的邻人而浪费了我许多日和夜。

孜孜不倦地研读使我的头发灰白，细心的观察使我的视力衰退。

多年来我搜罗了聚积了不少残缺的篇章：

我把它们撕碎践踏，我把它们散布到风中吹得无影无踪。

因为我知道智慧的登峰造极就是烂醉而趋向堕落。

让所有不正当的顾虑消失，让我绝望地迷了我的路途。

让一阵旋转的狂风刮来把我从碇泊的地方疾卷而去。

这世界居住着些尊贵的人，一些工作者他们聪明而又能干。

有些人很容易地出人头地，而有些人安分地甘居人后。

让他们幸福而昌盛，让我的傻干无功。

因为我知道，一切的结局就是烂醉而趋于堕落。

我发誓要在此刻把所有的要求听任体面的上流人物发落。

我放弃那渊博学识的自豪和那明辨是非的骄傲。

我要打破那记忆的瓶子，洒掉我最后一滴眼泪。

我要用浆果红的美酒泡沫，滋润激发我的欢笑。

此刻我把这文明而又端庄的标志撕成粉碎。

我要立下神圣的誓约：我要变得一文不值，烂醉而趋于堕落。

43

不，我的朋友，不管你怎么说，我将永不成为一个苦行者。

我将永不成为一个苦行者，假使她不和我一起发誓。

那是我坚决的意志，假使我不能找到一个荫蔽的庇护所，和一个苦行的伴侣，我将永不成为苦行者。

不，我的朋友，我将永不离开我的锅灶和家庭而退隐到森林独居，假使欢乐的笑声不荡漾在回响的林荫里，假使在风中没有番红色斗篷的飘扬，假使森林的静寂不由柔声细语所加深。

我将永不成为一个苦行者。

44

令人尊敬的先生，饶恕这对罪人吧，春风如今正在狂野地疾卷，卷走了尘土，卷走了枯叶，而你的训诫也随着尘土和枯叶消失了。

神父，可别说人生是虚幻的。

因为我们曾一度和死亡休战，我们俩只是在几个芬芳的时辰里得到永生。

即使是国王的军队来猛烈地攻击我们，我们也要悲哀地摇摇我们的头说：兄弟们，你们在骚扰我们了。假使你们一定要玩这吵闹的游戏，就到别处去动你们的干戈吧，因为我们只是在短暂的瞬间得到了永生。

假使是友善的人们把我们团团围住，我们也会谦逊地向他们鞠躬，说：这种过分的好运气，对我们是一种困窘。我们所居住的无极的天空里是没有多少空余的。

因为在春天的时光里，繁花丛开，蜜蜂忙碌的翅翼相互碰触。我们这小小的天国，只住着我们两个永生者的天国，狭隘得太可笑了啊。

45

祝福那些必须走的客人一路平安，抹掉他们所有的脚印吧。

带着微笑把一切平易、单纯和亲切的事物抱在你的怀里吧。

今天是幽灵的节日，那些幽灵不知何时丧生。

让你的欢笑只是一种无意义的愉快吧，有如那涟漪上闪耀的波光。

让你的生命轻盈地在时间的边缘上跳舞吧，有如那树叶尖端的露水。

按着你那生硬断续而瞬逝的韵律，弹奏你的琴弦吧。

46

你丢下我就走了。

我想我应该为你哀伤，应该在我那黄金之歌曲谱成的心里安置你孤独的肖像。

但是，我不幸的命运，时光是短促的啊！

青春年复一年地消逝；春天的日子是溜走了；娇弱的花朵无端凋谢。聪明的人警告我：生命仅只是莲叶上的一颗露珠。

难道我应该忽视这一切，而去对一个不理睬我的人凝眸而望？

那真是鲁莽而愚蠢了，因为时光是短促的啊！

那么，来吧，我的多雨的夜晚，你带着淅沥的脚步来吧；微笑吧，我的金黄色的秋日；来吧，什么都不介意的四月，散布你的香吻，到各方去吧。

你来吧，还有你，还有你也来吧！

我的爱人们，你们知道我们都是总有一死的凡人，难道为一个取去她的心的人而柔肠寸断是聪明的吗？因为时光是短促的啊！

坐在角落里默想你是我整个的天地，并且写成铿锵的诗篇，那是甜美的事。

怀抱着个人的忧伤而决心不接受任何人的安慰，那是英雄的气概。

可是在我的门口出现了一张新鲜的脸，他抬头和我四目相对了。

我不得不拭去我的眼泪，更换我的曲调了。

因为时光是短促的啊！

47

假使你的意思要这样，我就结束我的歌唱。

假使我的呆望使你心烦，我就从你脸上将我的视线移开。

假使我在你的小路上使你骤然吃惊，我就走在一边，取道另一小径。

假使在你编织花朵时我给了你扰乱，我就避开你那孤寂的花园。

假使这样河水会撒野而放荡，我就不把我的小船划进你的堤塘。

48

把我从你那温柔乡的束缚中解放吧，我的爱人！不要再给我灌一些香吻的迷汤了。

这浓重的熏香之雾，窒息了我的心。

打开门扉，迎接晨光入室吧！

我被你用爱抚的包袱裹住而销魂蚀骨了。

把我从你的魅惑中解放吧，还给我男子气概，让我奉献给你一颗自由之心吧！

49

我握着她的双手，把她紧压在我的胸口。

我想以她的美丽来丰富我的双臂，以接吻掠夺她的甜笑，以我的眼睛去畅饮她那暧昧的顾盼。

啊！可是，她在那儿呢？谁能掠夺天空的蔚蓝呢？

我想抓住美丽，但它躲避了我，只留下躯壳在我手里。

我挫败，我疲乏，我回来了。

躯壳怎能接触那只有灵魂可以接触的花朵呢？

50

亲爱的，我的心日夜地渴望着同你相会，因为这相会像能吞灭一切的死亡。

如同一阵狂风似的把我卷走，拿去我所有的东西。破碎我的睡眠，夺去我的梦，劫走我整个的世界。

在这浩劫中，在这精神的完全裸露中，让我们在美丽中融合为一体吧！

我的枉费的愿望啊！除了在你那儿，何处是融合为一的希望呢？我的上帝！

51

那么，唱完最后一支歌，让我们离开吧。

当不再有夜的时候，忘掉这一夜吧。

我想拥抱在两臂中的人儿是谁呢？梦是永远捕捉不住的啊！

我热切的双手把空虚拥抱到我的心头，而它损伤了我的胸膛。

52

为什么灯盏熄灭了？

我用斗篷把它遮住，免被风吹，这就是为什么灯盏会熄灭！

为什么花朵枯萎了？

我用热切的爱把它紧拥向我的心头，这就是为什么花朵会枯萎！

为什么河流干涸了？

我横跨着筑了个堤坝以便我用，这就是为什么河流会干涸！

为什么琴弦绷断了？

我硬要弹出一个弦索不能胜任的音调，这就是为什么琴弦会绷断！

53

你为什么使一个眼色令我蒙受羞辱？

我并没有像个乞丐一样闯上门来。

我只是在你的花园篱笆外庭院的尽头站了一会儿罢了。

为什么你使一个眼色令我蒙受羞辱？

我没有从你花园里采撷一朵玫瑰花，摘下一只水果。

我谦逊地在路边的树荫下寻求我的庇护，那每个陌生的旅客都可驻足的地方。

我并没采撷一朵玫瑰花啊。

是的，我的两脚已疲乏，骤雨又倾盆而下。

风在摇摆着的竹枝中叫啸。

云驰过天空正如从败亡中逃走。

我的两脚已疲乏。

我并不知道你对我想些什么，也不知道你站在门口等待着什么人。

电光的闪烁迷眩了你守望的眼睛。

我怎能知道你还能看得见站在黑暗中的我呢?

我不知道你对我想些什么。

这一天是结束了，雨已停了一会儿了。

我离开你花园尽头的树荫，离开我原先草地上的那个座位。

天黑下来了；关上你的门；我走我的路。

这一天便完了。

54

在这样的深晚，市场已经收市了，你提着篮子匆匆忙忙地往那儿去呢？

他们都已背负着重担回家了；而月亮从村树的上方往下窥视。

呼喊渡船的回音越过黑暗的水面，飘向远远的野鸭睡眠的沼泽地带。

市场已经收市了，你提着篮子匆匆忙忙地往哪儿去呢？

睡神把她的手指放在大地的眼睛上了。

乌鸦的窝巢已寂然无声，竹叶的悉索也已静止。

从田野归来的劳动者们在庭院里铺开了席子。

市场已经收市了，你提着篮子匆匆忙忙地往哪儿去呢？

55

当你去时，日正当中。

天空里的太阳是酷热的。

当你去时我已做好了我的工作，而独坐在我的阳台上。

忽起忽止的狂风穿过若干远方田地的芳香，飘扬过来。

鸽子在树荫下不倦地咕咕啼叫，一只闯进我房里来的蜜蜂，嗡嗡地诉说远方田地的消息。

村庄在正午的燠热里沉入睡乡，大路被遗弃般横陈在那儿。

在偶发的激动中，树叶的沙沙声响起而又消灭。

在正午的燠热里，村庄沉入睡乡的时候，我凝望天空，在蔚蓝的穹苍里编织我熟悉的那个人的名字。

我已忘记了编结我的辫子，惛倦的微风在我面颊上玩弄我的头发。

树荫遮蔽的河岸下，河水在平静地流着。

懒洋洋的白云一动也不动。

我已忘记了编结我的辫子。

当你去时日正当中。

路上的尘土是热的，而田野在喘气。

鸽子在茂密的树叶中咕咕地叫。

当你去时我独自坐在我的阳台上。

56

我是许多个忙于卑贱的日常家务的妇女之一。

为什么你单单把我挑选出来，把我从我们共同生活的凉爽荫蔽处带走呢？

没有表明出来的爱情是神圣的。它在隐蔽着的内心深处像宝石般闪耀。它在奇妙的白昼的光辉里，显得是可怜的晦暗。

啊！你穿破了我的心扉，把我颤抖着的爱情拖到公共的场所，永远地破坏了它那安巢的荫蔽角落。

别的妇女们还和平常一样。

没有一人曾窥视到她们内心的最深处，就连她们本人也不知道自己的秘密。

她们轻轻地微笑，低低地哭泣，她们闲谈和工作，每天到庙里去参拜，每天点燃她们的灯盏，每天到河边去汲水。

我希望我的爱情能免于暴露在外的发抖的羞耻，而你却转过你的脸去。

是的，你的道路展开在你的面前，但你却切断了我的归途，丢下我一丝不挂地面对着那世界，那日夜以没有眼睑的眼睛注视着的世界。

57

我采摘你的花儿，哦，世界！

我把这花儿紧抱在我心头，尖刺戳痛了我。

当昼尽天黑，我发觉花儿已枯萎，但疼痛仍在我心头。

世界啊，将有更多的花带给你芬芳和骄傲！

可是在我，采集花儿的时机已过，度过这黑暗的长夜，我没有我的玫瑰，只有苦痛留在我心头。

58

一天清晨，在花圃里，一个瞎眼的女孩儿来献给我用一片荷叶盖着的花环。

我把它戴在我的颈子上，泪水就涌到我的眼里。

我吻她，并说：“你竟和这些花朵同样地盲目啊！”

“你，连你自己也不知道你的礼物是多么的美丽。”

59

女人啊，你不仅是上帝的杰作，男子们也完成了你；从他们的心头，永赋你以美丽。

诗人们用想象的金丝给你织网，画师们从永新的不朽给你绘像。

海洋给你珍珠，矿山给你黄金，夏天的花园给你鲜花，来装饰你、穿戴你，来使你格外高贵。

男子们心头的欲望放射出荣耀来笼罩你的青春。

你一半是女人，一半是梦。

60

雕刻在石头上的美神啊，在人生的匆忙和喧嚣里，你站着：沉默而安静，孤独而超逸。

伟大的时间之神，迷恋地坐在你的脚边喃喃而语：

“说话呀，对我说话呀，我的亲爱的；说吧，我的新娘！”

但是你的言词却封闭在石头里，啊，不为所动的美神啊！

61

平静些，我的心，让别离的时间成为甜蜜。

让这不成为死亡，而只是完成圆满。

让爱融为纪念，苦痛化成歌曲。

让飞行掠过天空，终结于归巢的敛翼。

让你手的最后抚触温柔像夜之花朵。

哦，美丽的终结，请站住一会儿，轻声地说你最后的话。

我向你鞠躬，拿起我的灯来给你照路。

62

在梦中的一条幽暗小径上，我去寻找前生属于我的爱人。

她的住宅坐落在一条荒凉街道的尽头。

在黄昏的微风里，她那宠爱的孔雀停在栖木上打盹，而鸽子静静地躲在它们的角落里。

她把灯盏放在门口，她站到我的面前。

她抬起她那对大眼望着我的脸，无声地问道：“你好吗？我的朋友！”

我试着去回答，但是我们的语言已经失落而遗忘。

我想了又想，脑海中再也想不起我们的名字。

泪光闪耀在她的眼里，她向我伸出她的右手，我握住它静静地站着。

我们的灯盏在黄昏的微风里摇曳而熄灭。

63

旅人，你一定得走吗?

夜是静寂的，黑暗晕倒在树林上。

我们阳台上的灯盏是辉煌的，花朵都是鲜丽的，年轻人的眼睛仍然清醒着。

是到了你离开的时候了吗?

旅人啊，你一定得走吗?

我们没有用恳求的手臂抱住你的双脚。

你的门户是开着的，你的马已上了鞍站在门口。

假使我们曾想禁止你通行，那只是用我们的歌曲。

我们的确曾想把你拉回来，那也只是用我们的眼神。

旅人，我们无力留住你，我们只有我们的眼泪。

是什么不灭的火在你眼睛里发光?

是什么不安的狂热在你血管里沸腾?

黑暗里有什么呼唤在驱策你？

你在天空的繁星中读到了什么可怖的咒语，黑夜就带着封缄的秘密文件静默而奇异地进入你的心？

假使你不在乎欢乐的聚会，假使你一定要平安宁静，疲倦的心啊，我们就熄掉我们的灯，也停奏我们的竖琴。

我们就静坐在黑暗中的树叶萧萧声里，慵倦的月亮将把她清淡的光华洒在你的窗子上。

啊，旅人啊！是什么不眠的精灵从子夜的心里触动了你？

64

我在大路的灼热尘土中，消磨我的白昼。

如今，在黄昏的凉爽中，我来敲叩客栈的大门。客栈已荒凉而颓废了。

一株狰狞的阿刹斯树，从墙壁的裂缝里伸出它饥饿的抓紧的树根。

曾经有过这样的日子：那时候旅客们到此地来洗濯他们疲倦的脚。

他们在初升的朦胧月光下，把席子铺展在庭院里，坐下来谈谈远方异域。

清晨，他们神清气爽地醒来，鸟雀使他们欢悦，友爱的花朵在路边向他们点头。

可是，当我来到此地时，没有点亮的灯盏在等我。

若干个被遗忘了的夜晚的灯盏，留下了黑色的熏烟，那熏烟像些盲人的眼睛，从墙壁上瞪目凝视。

萤火虫在涸池边的丛莽里飞舞，竹枝把阴影投射到长满青草的小径上。

我是个在我白昼尽头的没有主人的来客。

我已疲倦，漫漫长夜摆在我的面前。

65

那又是你的呼唤吗？

黄昏已来临，疲倦亲切地环绕着我像求爱的双臂。

你呼唤我吗？

我已经把我整个的白昼奉献给你了，残酷的爱人！难道你一定还要劫夺我的夜晚吗？

任何事物都有一个尽头，而黑夜的孤寂却是属于一个人自己的。

你的声音一定要戳穿黑夜的孤寂而向我袭击吗？

难道黄昏没有把睡眠的音乐留在你的门口吗？

难道带着无声翅翼的星星从不攀登到你无情之塔的上空吗？

难道你花园里的繁花从不在柔和的死亡里落入尘土吗？

你一定得呼唤我吗？你这不安静的人儿？
那么就让悲伤的爱情之眼徒然地守望而哭泣吧。
就让灯盏在孤寂的屋子里燃烧吧。
让渡船载着疲惫的劳动者们回家吧。
我把梦留在后面赶紧去奔赴你的呼唤。

66

一个流浪的疯子，在寻找点金石，他，蓬乱的头发，黄褐而尘垢，身体消瘦得成了个影子。他的嘴唇紧闭，正如他那关闭着的心扉；他那燃烧着的眼睛，恰似寻找着伴侣的萤火虫的灯盏。

无垠的大海在他面前怒吼。

饶舌的波浪滔滔不绝地谈论那蕴藏着的宝藏，嘲笑那些不懂得它们语意的笨伯。

也许他现在已不存有什么希望，但他并不罢休，因为寻找已成为他的生命。

正如同海洋为了向空中去探求那不可得到的东西，永远伸着它的手臂。

正如同星群循环地运行，在寻找一个永远达不到的目的。

即使如此，这带着尘垢黄褐乱发的疯子，仍然徘徊在孤寂的海滩上寻找那点金石。

一天，一个村童跑来问道："告诉我，你是从哪儿得来系在你腰际的金链？"

疯子吃了一惊，这个原来是铁的链子如今的确是金的了；这并不是一个梦，但他却不知道这链子是在什么时候改变的。

他疯狂地拍着他的额头，啊，是在哪儿他竟毫不知情地已获得了成功？

那已经成了一种习惯了，捡起石子，碰一碰链子，他不去看看是否已有什么变化就又把石子扔掉；疯子就是这样把那点金石获而复失。

太阳正在低低地向西方沉落，天空呈现着金色。

疯子走向回路，重新去寻找那丢失了的宝物，他已精疲力尽，弯腰驼背，心灰意冷，像一棵连根拔出的树木。

67

虽然黄昏姗姗而来，已经示意一切歌曲都要停止；

虽然你的伙伴们都已回去休息，而你也是疲倦的；

虽然恐惧在黑暗里孵育，而天空的脸也蒙上了面纱；

可是，鸟儿，啊，我的鸟儿啊！听我说，请不要收敛起你的双翼。

那不是林中树叶的幽暗，那是像一条深黑色的蛇似的在起伏着的大海。

那不是盛开的素馨花的舞蹈，那是闪光的水泡。

啊，那儿是有阳光的翠堤？那儿是你的窝巢？

鸟儿，啊，我的鸟儿啊！听我说，请不要收敛起你的双翼。

孤寂的夜躺在你的路上，黎明在朦胧的山岭后面睡觉。

星星屏着呼吸在计算时辰，微弱的月亮在深夜里浮沉。

鸟儿，啊，我的鸟儿啊！听我说，请不要收敛起你的双翼。

对于你，没有希望，没有恐惧。

没有言辞，没有低诉，没有呼唤，

没有家，没有歇息的床铺。

只有你自己的双翼和无路的空际。

鸟儿，啊，我的鸟儿啊！听我说，请不要收敛起你的双翼。

68

没有一个人长生不老，兄弟，而且也没有一件东西是永久存在的，把这铭记心头而欢快吧！

我们的一生并不是一个古老的负荷，我们的道路也并不是一次漫长的旅程。

一个唯一的诗人用不着唱一支古老的歌。

花朵枯萎而凋谢，然而戴花的人却用不着永远去为它悲伤。

兄弟，把这铭记心头而欢快吧！

必须要有完全的休止符，才能谱成完美的音乐。

人生向落日沉沦，为了淹没到黄金色的阴影里去。

必须把爱情从嬉戏中唤回，去啜饮烦恼的酒，并把它带到泪之天国。

兄弟，把这铭记心头而欢快吧！

我们赶紧去采集鲜花，唯恐它们被过路的风掠夺。

乘机捉住那稍迟即逝的吻，可以促进我们的血液，光亮我们的眼睛。

我们的生活是热情的，我们的愿望是强烈的，因为时间在敲着别离的钟。

兄弟，把这铭记心头而欢快吧！

我们没有时间把一样东西抓住敲碎，而再把它扔到尘土里去。

一个个时辰，迅速地消逝，把它们的梦隐藏在裙子里。

我们的生命是短促的，它只许可我们几天恋爱的日子。

假使生命是为了工作和苦役，它就会无尽地延长了。

兄弟，把这铭记心头而欢快吧！

美对我们是甜蜜的，因为它同我们的生命按着同样疾速的调子一起跳舞。

知识对我们是宝贵的，因为我们永远没有时间去使它完满。

一切都是在永生的天国做好而完成的。

但是大地的幻想之花是由死亡保存永新的。

兄弟，把这铭记心头而欢快吧！

69

我追捕金鹿。

你也许要笑我，我的朋友，可是我仍追踪那躲避我的幻象。

我奔越过山岭和溪谷，我浪游过一些无名的乡土，因为我是在追捕那金鹿。

你来到市场上采购，并满载而归，可是我却不知在何时何地，已被那无家可归之风的魔力所接触。

我心里没有什么牵挂，我已把我所有的一切远远地留在我的身后。

我奔越过山岭和溪谷，我浪游过一些无名的乡土，因为我是在追捕着金鹿。

70

记得在我童年的一天，我曾在一条水沟里漂浮着一只纸船。

那是七月里一个潮湿天气，我独自一人，玩得很是开心。

我在水沟里漂浮着我的纸船。

骤然间阴霾密集，狂风突起，大雨如注。

小溪中的浊流汹涌，涨满了水沟，沉没了我的船。

我内心伤痛地思忖：暴风雨是故意来毁坏我的欢乐的，它所有的恶意都是冲我而发的。

如今七月里阴沉的日子是漫长的，我一直在想念着一生里，我做了失败者的那些玩意。

我正谴责命运在我身上玩弄的许多诡计，当我突然想起了那沉没到水沟里的纸船。

71

这一天还没过完，市集，那河边上的市集，也还没收市。

我已经担心我的时间被浪费，而最后的一文钱也遗失了。

可是，不，我的兄弟，我仍然还有点东西留下。我的命运并没骗走了我的一切。

买和卖都已结束。

双方所应得的东西都已经收好，是我回家的时候了。

可是，守门人，你要索取过路费吗？

不要怕，我仍然有点东西留下，我的命运并没骗走了我的一切。

风的暂停令人担心风暴的即将来临，西方低垂的云层也不是好的预兆。

静静的流水在等候着狂风。

我得赶紧渡过河去，在黑夜追及我之前。

啊，摆渡的人啊，你要收你的过河费！

是的，兄弟，我仍然有点东西留下，我的命运并没骗走我的一切。

在路边树下坐着乞丐，啊呀！他抱着一种胆怯的希望瞧我的脸呢！

他以为我因一天的获益而致富了。

是的，兄弟，我仍然有点东西留下。我的命运并没骗走我的一切。

夜已墨黑，道路孤寂。萤火虫闪烁在树叶中。

你是谁？踏着悄悄的静静的脚步跟随着我？

啊，我知道了！那是你想劫夺我挣得的一切财物的企图啊！我一定不使你失望！

因为我仍然有点东西留下，我的命运并没骗走我的一切。

午夜时分我到达了家，我两手空空。

你正以焦急的眼神在我门口等候，不寝不寐，静默无语。

像一只胆怯的鸟儿，你怀着热烈的爱情飞到我的胸际。

唉，唉，我的上帝啊，还留着不少的东西呢，我的命运并没骗走我的一切。

72

经过许多辛劳的日子，我造起了一座庙宇，它没有门也没有窗，墙壁是用巨大的石头厚厚砌成的。

我忘却其他一切，我远避整个世界，我在狂喜的沉思里凝视我安置在祭坛上的塑像。

庙里边永远是黑夜，香油灯盏照着亮光。

供香不停地冒着烟，使我的心在它浓重的缭绕中受到创伤。

不寝不寐，我用一些错综迷乱的线条在墙壁上刻出许多奇异的形象：长着翅膀的马，带着人面的花，肢体像蛇的妇女们。

任何地方都没留出一条通路可以传进鸟雀的啁啾，树叶的低语，或忙碌的乡村的喧嚣。

唯一回响在黑暗的庙宇里的声音，就是我的咒语的念诵。

我的精神变得热烈而肃静，像尖锐的火焰，我的知觉在狂喜中昏迷。

直到雷震庙宇，我痛彻心坎时，我不知道时间是怎样过去的。

灯盏看上去暗淡而羞涩；墙壁上的雕刻像链系着的梦，在灯光里无意识地注视着好像很想把自己隐蔽似的。

我望望祭坛上的塑像。它微笑了，它因上帝有生命的触摸而有生气了。

我所囚禁着的黑夜，已展开它的翅翼而无影无踪了。

73

无尽的财富不是你的，我的坚忍而忧郁的尘世之母啊！

你辛勤操作，使你的儿女们可以糊口，可是食物是缺乏的。

你当作礼物送给我们的欢乐，永远是不完备的。

你为你的儿女们做的玩具是脆薄易碎的。

你不能满足我们所有的渴望，然而，难道我会为此而遗弃你吗？

你那蒙上痛苦的阴影的微笑，对于我的眼睛是甜蜜的。

你那不知有终结的爱情，对于我的心是珍贵的。

你曾经在你的胸膛上用生命而不是用不朽哺育我们，这就是为什么你的眼睛永远警醒不寐。

多少年来你用彩色和歌曲工作着，然而你的天堂并未建起，只是建起了那可悲的令人想望天堂的暗示。

在你所创造的美丽作品上蒙着泪之雾。

我要把我的歌曲灌注到你无言的心里，把我的爱情灌注到你的爱情中去。

我要用勤劳来尊敬你。

地母啊！我看到了你那温柔的脸，我爱你那哀伤的尘土。

74

在世界听众的大厅里，纯朴的草叶跟阳光和子夜的星辰同席而坐。

于是就这样，我的歌曲，跟云霞和森林的音乐一起在世界的心中，分配到它们的席位。

然而，有钱的人啊，在朴素庄严的太阳之愉快金色里，在缄默月亮的柔和光辉里，却是没有你那财富的份儿。

拥抱一切的天空之祝福，是不落到你的财富上面的。

而且，当死亡出现时，财富就黯淡无光，枯萎凋零而化为尘土。

75

在静寂的子夜，那个自以为是苦行者的人宣告说：

“这是离弃我的家庭去寻找上帝的时候了。唉，是谁羁留我这么长久在这个迷妄的尘世里呢？”

上帝耳语道：“是我。”可是这人的耳朵是闭塞的。

他的妻子怀里搂着一个酣睡的婴儿，恬适地睡在床的一边。

那人说：“你们是谁啊？愚弄我这么长久？”

那声音又说：“是上帝啊！”可是他没有听见。

婴儿在梦中啼哭，紧偎着他的母亲。

上帝下命令：“别胡思乱想，蠢货，不要离开你的家。”可是他还是没有听见。

上帝叹息而抱怨说：“为什么我的仆人要背弃我，而云游着去寻找我呢？”

76

市集在庙门前交易，从大清早起一直在下雨，而白昼到达了它的尽头。

比人群所有的欢乐更欢乐的，是一个女孩愉快的微笑：她用一文钱买了个棕榈树叶做成的口哨。

这口哨清脆的乐音飘浮着，压下所有的笑声和喧嚣。

无边无岸的人潮涌来，互相推挤，道路是泥泞的，河水在泛溢，无休止地下着雨，田地都浸在水里。

超过纷至沓来的人群的一切苦恼的，是一个男孩的苦恼：他没有一个子儿去买一根彩色的棍棒。

他那凝视着店铺的渴望的眼睛，使得人们的整个集会显得那么可怜而哀伤。

77

来自西乡的工人和他的妻子王替窑上忙碌地掘土造砖。

他们的小女儿到河边的码头上去，那儿，她有无尽的壶与碟的洗擦工作。

她的小弟弟跟在她后面，剃光了的头，棕色的赤裸而泥污的四肢。他站在高高的河岸上，耐性地听候她的吩咐。

她头上顶着装满的水壶，左手提着闪亮的黄铜罐，右手搀着男孩回家去，她母亲的小小奴仆，严肃地肩负着家庭管理的重荷。

有一天，我看见这个赤裸的男孩伸着两腿坐在那儿。

在水里，他的姐姐手里拿着一把泥土把水壶反来转去地磨擦。

附近一只软毛的小羊站在那儿沿着河岸吃草。

它走近男孩坐的地方突然大声咩咩地鸣叫，男孩惊跳起来尖声高喊。

他的姐姐就放下清洁水壶的工作跑过去。

她一只手抱起她的弟弟，另一只手抚慰着小羊。在他们之间分配她的温暖，而把对人的子孙与兽的后代的爱，绾系在一条带子上。

78

是在五月里，闷热的中午好像没有止境的漫长，干燥的大地因暑热和干渴而龟裂。

当我听到河边传来了喊叫的声音：“来吧，我的宝贝！”

我合起书本，打开窗子向外张望。

我看到一只满身泥巴的大水牛，睁着沉静而有耐性的眼睛，站在靠近河流的地方；一个年轻人，站在没到膝盖的水里，在呼唤水牛去洗澡。

我愉快地微笑了，心里感到一阵甜美。

79

我常常奇怪在那儿暗伏着人兽之间公认的界限，兽的心是不懂语言的。

在创造万物的遥远的早上，穿过一种什么样的原始乐园就曾展现着一条简单的小路。在那儿，他们的心已互相拜访了。

他们长久践踏的标志并没被抹去，虽则他们的血族关系早已被遗忘。

但是突然在一种无言的音乐里，模糊的记忆苏醒了。兽就带着一种温柔的信任注视人的脸，而人就带着令人喜悦的爱情向下看到兽的眼睛里。

那好像是这两个朋友戴着假面具相会，透过伪装模模糊糊地互相认识了。

80

美丽的妇人啊！你能以你眼睛的一个流盼，掠尽诗人竖琴上所弹的歌曲的全部财富！

然而对于他们的歌颂，你却充耳不闻，因此我就来歌颂你。

你能使得世上最傲慢的人在你脚下卑躬屈膝。

然而你所选以崇拜的，却是你所宠爱的一些无名的人，因此我就崇拜你。

你那完美的手臂的抚触可使帝王的尊荣增加光辉。

然而你却用它们来拂除尘土，去清洁你的寒舍，因此我就满心地敬爱你。

81

为什么你在我耳边低语得这么微弱？哦，死神，我的死神！

当花朵在黄昏里落下，牧群回到它们的畜棚，你潜行到我身边来说一些我听不懂的话。

是不是用朦胧的呓语和冰凉的接吻之催眠，你定要来向我求爱，来赢得我？哦，死神，我的死神！

在那儿，我们的婚礼将没有隆重的仪式吗？

你不想用一项花冠束起你黄褐色的盘绕头发吗？

在那儿，没有人给你撑着旗伞前导，那晚将不用你红色的火炬燃烧着吗？哦，死神，我的死神！

来吧，在你法螺声中；来吧，在那不眠之夜。

穿我以大红的外衣，紧握我手娶我去吧。

让你的车辇准备好在我的门前，你的马匹不耐地嘶叫。

揭开我的面纱，骄傲地望着我的脸。哦，死神，我的死神！

82

今夜，我们预备玩一个死亡的游戏，我的新娘和我。

夜是黑暗的，天空的云是飘浮不定的，海上的波浪正在怒吼。

我们离开了梦之床，跑去打开大门走出来，我的新娘和我。

我们坐在秋千上，暴风从身后给我们一阵狂野的推动。

我的新娘且惊且喜地跳起，颤抖着偎依到我的怀抱。

我温柔地侍候了她好久。

我为她做了一张繁花缀成的床，并且关上了门，从她眼睛里把狂野的光芒关到门外去。

我轻轻地吻她的嘴唇，柔和地在她耳边低语，直到她在慵倦中半入昏迷。

她迷失在朦胧的甜蜜之无穷云雾里。

她不回答我的爱抚，我的歌声也不能唤醒她。

今夜，野外风暴的呼号传到我们的耳际。

我的新娘颤抖而起立，她紧握着我的手跑出去。

她的头发在风中飘动，她的面纱飞扬着，她的花环在她的胸前悉索作声。

死亡的推力把她荡进生命中去。

我们脸对着脸，心对着心，我的新娘和我。

83

她住在山麓下玉蜀黍的田边，靠近那哗笑的泉流穿过古老树林的肃静的荫翳的地方。妇女们到这儿来装满她们的水罐，旅客要坐在这儿休息闲谈，她天天伴随那潺潺而流的溪水曲调工作和做梦。

一个黄昏，陌生人从白云隐没的山顶下来，他的纷乱的头发纠结着似昏昏欲睡的蛇。我们奇怪地问："你是谁？"他不回答，只坐在那潺潺不息的溪水旁，静静地凝视她所住的茅舍。我们的心骇得发抖，天黑时我们便回家了。

次晨，当妇女们到台乌达树边的泉流去汲水，她们发现茅舍的门开着，然而没有了她的声音，哪儿是她微笑的脸呢？空的罐子倒在地板上，灯在墙角里自己熄灭了。没有人知道她在天亮以前逃到哪儿去了，那陌生人也不见了。

magritte

Magritte

五月里，太阳渐强，积雪融化了，我们坐在泉水边哭泣，我们心中诧异："她去的地方会有泉水吗？在那儿，在这么燥热的日子，可以把她的水瓮灌满吗？"我们很沮丧地互问着，"在我们住的这些山岭外边会有陆地吗？"

是一个夏夜，微风从南方吹来，我坐在她丢弃的屋子里，灯盏仍然在那儿没有点亮。突然我眼前的山不见了，像帷幕被拉到一边。"啊！来了一个人，就是她，她来了。我的孩子你好吗？你快乐吗？可是光天化日之下你能藏在哪儿呢？而且，哎哟，我们的泉水竟不能在这儿解你的口渴！"

"这儿是同一的天空，"她说，"只是没有了山岭的屏障，这儿是同一的溪水汇流扩成了大河，同样的土地扩展成了平原。""这儿什么东西都有，"我叹息道，"只是我们不在这儿。"她苦笑说："你们是在我的心里。"我醒来听到夜间溪流的潺潺、台乌达树的萧萧。

84

在绿和黄的稻田上空，掠过被急追的太阳尾随着的秋云的阴影。

蜜蜂忘记去吸取它们的蜜，陶醉在阳光中，傻里傻气地鼓动着翅翼嗡嗡而鸣。

在河中小岛上的鸭群，毫无原因地高兴得呷呷乱噪。

不让任何人回家，兄弟们，今天早晨不让任何人去工作。

让我们去袭取蔚蓝的天空，一面奔跑一面掠夺空间。

笑声浮动在空际，好像泡沫浮动在海潮上。

兄弟们，让我们在无谓的歌声里浪费掉我们的清晨吧。

85

你是谁啊，读者？你是一百年后诵读我诗篇的人？

我不能从这春天的富丽里送你一朵花儿，从那边的云彩上送给你一缕金线。

打开你的门户，展开你的视域吧。

从你繁花盛开的园子里，采集一百年前消逝花朵的芬芳记忆吧。

在你心的欢乐中，你也许会感觉到一个春晨所唱的当前欢乐，越过一百年，播送来了它愉悦的心声。

采果集

吩咐一声，我就会把果子一筐筐地采满，送到你的院子里，

尽管有的已凋落，有的尚未成熟。

序

梁实秋

人生有三种境界，自然的，人性的，宗教的。这宗教的境界是很高超的，神秘而美妙，只可意会，不可言说，说即不中。禅宗宗门中人语，称“凡”为“这边”，“圣”为“那边”，就是因为那个境界（见性），绝对不可思议、不可形容，无可奈何，只好用“这边”“那边”来指示了。

诗人，大概都是有甚深的智慧，在观照中，往往能见道。换言之，诗人时常能进入宗教的境界。诗人与一般的高僧大德不同，他于实际体验那玄秘的妙境之余，还要舞文弄墨把那一段经验写录下来。这也许是多此一举，但许多首宗教性的诗就是这样产生的。我们直接不易进入宗教境界的凡夫，读诗亦往往可以入圣。不立文字的禅宗，教人“将嘴挂在壁上”，也还有那许多“公案”教人去参。

泰戈尔，天竺诗人，原有印度民族所特有的那一份神秘的素养，但他还具备一般诗人所具备的那种泛神论的眼光。一草一木，一花一叶，在他看来，莫不有象征的意味。其诗清新俊逸，而立意深邈。糜文开先生和他的女公子榴丽小姐译其《漂鸟》《新月》之后，又有《采果集》继而问世，嘱我一语为介。这是“大事”，不需多说。

1957年3月12日台北

1

命令我，我就采集我的果子，把它们整篮整篮地装着带到你的院子里来，虽则有些已经失落，有些尚未成熟。

这季节，因长得丰满而沉重，在荫翳中，牧童吹奏他哀怨的笛。

命令我，我就要江上航行。三月的风在愤怒，激动软弱的波浪发出喃喃的怨言。

这园子已献出了它的一切，在黄昏的疲劳时间，在落照中，从你岸边的屋里传来那召唤的声音。

2

我的生命，年轻时像一朵花一朵春风到她门前来乞求时，从她的充实中掉下一两片花瓣而永不觉得损失的花。

现在，在青春的末期，我的生命像一枚果实，没有什么可施舍，只等着把她自己完全献出，带着她甜蜜的重负。

3

夏天的节日是不是只为了鲜花，而不是也为了枯萎的叶子与凋谢的花朵？

海之歌是不是只与高涨的波涛合调？不是它亦与降落的浪头同歌？

我的国王站立的地毯镶织着珠宝，但是那些忍耐着的土块却等待着他脚趾的抚触。

在我主的周围，坐着没有几位智者与伟人，但他却把愚人抱在他怀中，把我永久地做了他的仆从。

4

清晨我醒来发现了他的信。

不知道它说什么，因为我不能阅读。

我将不管那聪敏人，由他独自和他的书本在一起，我将不去麻烦他，因为哪个知道他能不能读这信。

让我把它放在额头，把它紧抱在我心口。

当夜深静寂，星星一颗跟一颗出现的时候，我要把它放在我膝头而静息。

那沙沙响的树叶将把它高诵，那奔走的溪流，将把它吟咏，而那七颗智星将从天空把它向我歌唱。

我找不到所搜寻的，我不懂我曾想学习的；但是这未阅的信却使我的负担减轻，把我的思想变成歌曲。

5

一缕尘埃可以隐蔽你的信号，当我不知它的意义时。

现在我略为聪敏一点，我在这尘埃里理会它从前隐蔽的一切。

它是画在花瓣上；水波在它们的浪花中闪出；而群山把它高举在它们峰顶。

从前我脸转向你，所以我把那些字歪读而不懂它们的意义。

6

那里有人造的路我就迷途了。

在那辽阔的海上，在青色的天空中，那里没有路线的痕迹。

这路被鸟翼、被星火、被旅行季节的花朵所隐匿。

我询问我的心，它血液里是否带着那看不见的路之智慧。

7

啊，我不能停留在屋子里！家对我已不是家，因为那永久的生客在召唤我，他在路上走着。

他的脚步声敲着我的胸膛，使我痛苦。

起风了，大海在悲鸣。

我把一切的悬念与疑虑抛在身后，来跟随那无家的潮流，因为那永久的生客在召唤我，他在路上走着。

8

准备出发，我的心！让那些定要逗留的人去逗留吧。

你的名字在晨空中被召唤。

不要等谁！

那花蕾渴望子夜与露水，但那盛开的花为光的自由而叫喊。

裂破你的外壳，我的心，出来吧！

9

当我留恋在我蓄藏的财宝之间时，我觉得我正像一条毛虫，在黑暗中喂食着它出生在里面的水果的毛虫。

我离去这腐败的牢狱，我不介意出没在这陈腐的沉寂中，我要去找寻那永久的青春；我把那些不是同我生命合一的，不是同我的欢笑一样轻松的一切丢掉。

我跑着穿过时间，哦，我的心，那流浪时歌唱着的诗人在你的车中跳舞了！

10

你牵着我的手拉我到你身边，在众人面前使我坐在高座上，直到我觉得胆怯，不能随意地活动和走我的路；我走的每一步因为怕踏在他们蔑视的荆棘上而疑惑着，考虑着。

最后来了打击，我自由了！

侮辱的鼓声响起，我的座位被打倒在尘埃中。

我的路展开在我前面。

我的双翼充满着天空的欲望。

我去加入子夜的流星，来投进深渊的幽暗。

我像夏天被暴风赶着的云，它抛掉了金的皇冕，雷杵像一把利剑挂在闪电织成的练。

在非常的欢乐中我驰骋在被蔑视者的污浊路上；我

行近你最后的欢迎。

孩子找到他的母亲，当他离开她的胎房。

当我被与你隔离，从你的屋子被驱逐，我就有见到你脸的自由。

11

我的这个宝石项圈，它装饰我只为来讥讽我。

当挂在我颈项上时，它损伤我；当我挣扎着要把它拉去时，它窒缢我。

它扼我的喉，它阻遏我的歌唱。

我主，我能把它献到你手中我就得救了。

把这拿去，换一个花圈把我和你连接在一起，因为我颈上戴着这宝石的项圈站在你面前使我羞惭。

12

亚穆纳河在深邃的下面流着，急速而清澄，上面怒矗着突出的河岸。

簇聚着被林木遮成黑郁郁的丛山，滔滔的川流把它们划着一道道的疤痕。

戈文达，那伟大的锡克教师，坐在岩石上诵读经典，他的以自己多财而自负的徒弟拉古那斯来对他敬礼说："我带来我这可怜的礼物，不值得你的接纳。"

说着，他在教师面前陈列一对镶嵌着宝贵钻石的金镯。

那主拿起一个，在他指头上旋转，金刚石发射出光之箭来。

突然，镯子从他手中滑下，从岸上滚进水中去。

"啊哟！"拉古那斯尖叫，跳入河里。

教师眼光回到他书上去，而水保藏着它偷窃的东西，仍向前流着。

日光已昏暗，当疲乏的拉古那斯水淋淋地回到教师身边。

他喘息着说："我仍能把它找回，如果你指点我它跌落的地方。"

教师拿起剩下的一只金镯向水里一掷说："它在那里。"

13

活动着，在行动中就会时时刻刻遇见你。

同行者啊！

就会和你脚步声一同歌唱。

你呼吸触到的人不靠岸的荫庇而游行。

他在风里张着冒险的帆，骑着狂暴的水波。

那个打开他的大门趋步前进的人受到你的欢迎。

他不停留下来数他的利得或者悲悼他的损失；他的心给他的步调敲鼓，因为这样就每一步和你一起前进。

同行者！

14

在这世界我的最好的一份将从你手中得到，这是你的诺言。

所以你的光闪耀在我的泪中。

我不愿被人家领导，怕因此我会错过你在路口等待着做我的向导。

我走我任性的路，直到我的愚诚激动你到我门前。

因为我有你的诺言，在这世界，我的最好的一份将从你手中得到。

15

你的言词简易，我主，但那些谈论你的人却并不这样。

我懂得你星辰的声音，还有你树木的静默。

我知道我的心将像花朵一样开放；我的生命已在一个隐蔽的泉源充实了自己。

你的歌像从雪寂中的来鸟，正飞来筑它们的巢，在我心的四月的温暖里，我已满足于等待那欢乐的季节。

16

他们认得道路，所以他们沿着那窄巷去寻找你，但是我是无知的，我在夜里四处漫游。

我没有受到足够的训练要在黑暗中怕你，所以我无意中走到了你的门阶。

聪敏人叱斥我命我滚开，因为我不是从巷中走来的。

我疑惑着走向别处，但是你紧紧地执着我，于是他们的叱骂一天一天的更响了。

17

我带着我的瓦灯走出我的屋子叫道：“来，孩子们，我来照亮你们的路！”

当我回来时夜仍是黑漆漆的，我离开路把它交给它的寂寞，我叫道：“照亮我，哦火！我的瓦灯粉碎在尘埃中了！”

18

不，这不是你所能做的，使花蕾开放。

任你把花蕾摇撼，把花蕾敲打，这是你权力所不及的，来使它开放。

你的接触污损它，你把花瓣撕成碎片撒在尘埃里。

但是没有颜色出现，也没有芳香。

啊！这不是你能来使花蕾开放的。

他，能使花蕾开放的人做来很是简单。

他向花蕾看一眼，那生命之液便在它血脉中涌动，

他的气息使花朵展开它的翼儿扑翅在风中。

颜色泛溢出来像心里的渴望，芳香泄漏一个甜蜜的秘密。

他，能使花蕾开放的人做来很是简单。

19

花匠苏达斯从他的水池里采下冬天劫掠后所余下的最后一朵莲花，到王宫门前去卖给国王。

他在那里遇到一个旅行者对他说："请问这最后一朵莲花的代价，我要把它供奉给如来佛。"

苏达斯说："如果你出一个金摩沙，这花就是你的。"

旅行者就付了。

那时国王出来也想买这朵花，因为他正前往拜访如来佛，他想："我把这朵冬天开的莲花放在他脚边多么好啊！"

当花匠说有人出价一个金摩沙，国王就出价十个，但是旅行者便出加倍的价钱。

花匠因贪婪，幻想为了他的缘故，竞争出价的人将使他获得更大的利益，他鞠躬说："我不能出卖这朵莲花。”

城墙外檬果林的静寂浓荫中，苏达斯站在如来佛前，在佛的嘴唇上坐着爱之静默，佛的眼睛里辉耀着宁静，像露洗的秋之晨星。

苏达斯看着他的脸，把莲花放在他脚边，泥首在尘埃里。

如来佛笑笑问道：“你希望什么，我儿？”

苏达斯叫道：“你脚的最小接触。”

20

使我做你的诗人，哦，夜，覆盖着的夜。

有几许人在你的阴暗中长期无言地坐着，让我吐出他们的歌曲。

把我放在你没有轮子的战车上，从世界到世界无声地跑着，你是时间之宫的王后，你朦胧的美人。

许多询问的智力偷偷地进入你的中庭，漫游你的无灯之屋寻求解答。

从多少的心，被“未知”的手所发出的快乐之箭贯穿，怒放出欢欣的歌唱，把黑暗的基石都震动了。

这些不眠的灵魂在星光中惊奇地看着他们骤然寻到的宝贝。

使我做他们的诗人，哦，夜，做你的不可测静默的诗人。

21

有一天我将遇见我里面的“生命”，那藏在我生命里的快乐，虽然日子用它们的闲尘来混乱我的前途。

我曾认识它，在瞥见过的几次中，它间歇的风吹过我使我的思想芬芳一时。

我有一天将遇到那个外面的“快乐”，那个住在光之屏风后面的快乐，于是我将站在泛滥的洪荒，那里所有的东西是像他们创造者看见的一样。

22

这秋天的早晨已疲劳于太多的光，如果你的歌渐成间歇而无力，给我一会儿你的笛。

我将在想奏时奏它，一会儿拿在我膝上，一会儿接触着我的双唇，一会儿把它放在我身边的草地上。

但是在庄严黄昏的静寂里，我将采集花朵，用花圈来装饰它，我将把它充满芳香，我将用点着的灯来礼拜它。

于是在夜里我将到你那边来，把你的笛还你。

你将用它奏子夜的乐曲，当寂寞的新月在星辰间遨游。

23

诗人的心，在风与水的声音中的生命之波浪上漂浮着，舞蹈着。

现在当太阳已下沉，昏黑的天空罩在海上，像下垂的睫毛跌向疲倦的眼睛，是时候了，把他的笔拿去，让他的思想沉向深洋的底，留在那个静默的永久神秘里。

24

夜是黑暗的，你的睡眠酣熟在我存在的静默里。

醒来，哦，“爱之苦痛”，我站在外面，不知怎样来打开这大门。

时间等待着，星辰看守着，风是静止着，沉重地，静默压在我心上。

醒来，“爱”啊，醒来！注满我的空杯，用歌的轻风来吹皱夜晚。

25

晨之鸟歌唱着。

从那里他得到早晨的信息，在破晓以前，当夜之龙仍盘踞天空，在他寒冷而黝黑的蟠绕中？

告诉我，晨之鸟，怎么穿过天空与树叶形成的双重黑夜，那来自东方的使者，找着了到你梦之路？

世界不相信你，当你呼喊：“太阳已在光临的途中，夜是完了。”

哦，睡眠者，醒来吧！

袒露你的额头，等待光的第一次祝福，同晨之鸟在欢快的信心中齐唱。

26

我内心的乞丐将他消瘦的手举向无星的天空，在夜的耳朵中用饥饿的声音叫喊。

他的祈祷是向盲目的“黑暗”，那“黑暗”躺着，像一个失去希望的荒凉天堂之堕落神祇。

欲望的叫喊在绝望的深谷旋转，一只鸟绕着它的空巢哀鸣。

但是当早晨抛锚在东方的边缘，我内心的乞丐跳起叫道：“我是受福了，那聋耳的夜拒绝了我，它的钱库是空的。”

他叫着：“哦，‘生命’，哦，‘光明’，你是宝贵的！而宝贵是那最后认得你的快乐！”

27

耶稣在恒河边念经，一个褴褛的婆罗门走来对他说：“帮助我，我贫穷！”

“我募化用的钵是我自己东西的一切。”

耶稣说：“我已把我所有的都施舍了。”

“但是我主湿婆梦里来见我，”婆罗门说，“他嘱咐我来找你。”

耶稣突然记起他从前在河岸上卵石堆里拾起的一块无价宝石，当时他想也许有人用得着，就把它藏在沙中。

他指点给婆罗门藏放的地点，婆罗门奇怪地把宝石掘出。

婆罗门独自坐在地上沉思，直到太阳在树后下沉，牧夫赶他们的牛群归家。

于是他站起来慢慢地走近耶稣说：“主啊！给我一点那蔑视世界财富的财富。”

说着他把那宝贵的石头抛进水里。

28

一次又一次，我伸着手到你的门前来，要求多一些，再多一些。

你给与又给与，一会儿精打细算，一会儿过分慷慨。

有些我拿了，而有些东西我让它掉了，有些沉重地躺在我手上，有些我做成玩具当厌卷时就破坏了它，直到你礼物的残骸与蓄储增加到无限 这遮蔽了你，而不断的期望耗损了我的心。

拿去，哦，拿去已成我现在的呼喊！

从这乞儿的钵里粉碎一切，把这渎求的看守者之灯熄灭；握住我的手，把我从你礼物的这继续聚积堆里拉起，进入你宽畅的面前之朴素的无穷之中。

29

你把我放进失败者之列。

我知道我既不能赢，也不能离开这游戏。

我将投进深潭，虽然只有下沉到水底的一途。

我将玩那使我破毁的游戏。

我赌注我的一切，当我最后一点儿都输去，我将赌注我自己，那么，我想，我将借我的完全失败而胜利了。

30

一个愉快的欢笑延展过天空，当你把我的心穿在破衣里派她到路上去乞食。

她沿门走去，许多次当她的乞钵快要满盈时就被劫掠掉。

在疲劳日子的终结，她到你的宫门前来，举起她可怜的乞钵。

于是你走来搀着她的手，扶她在你的王座上，坐在你旁边。

31

“你们哪一个愿承担养育饥民的责任？”如来佛问他的门徒们，当饥荒盛行在舍卫国。

银行家拉特那卡尔垂下了头说：“来养育饥民需要比我所有更多的财富。”

哲生，国王军队的首领说：“我愿欣然捐输我的鲜血，但是我屋子里却没有足够的粮食。”

达玛帕尔，拥有广阔的田地者，叹气说：“旱魔吸干了我的农田。我不知怎样来还国王应付的税。”

于是苏普丽雅，托钵僧的女儿起立。

她对全体行礼，谦逊地说：“我愿养育饥民。”

“怎么样！”他们惊叫，“你希望怎样来完成你的许愿？”

“我在你们中间最穷，”苏普丽雅说，“这就是我的力量。在你们每人屋里有我的钱库、我的仓房。”

32

我是不认识我的国王的，所以当他要求贡物时我大胆地以为我可以躲藏，留着我的债不付。

我逃着，逃在我日间的工作中，逃在夜晚的梦后面。

他的要求仍跟随着我每一次的呼吸。

我就知道他是认得我的，我没有了余地。

现在我愿把我所有一切放在他脚前，我因此可以在他国中得到我应得的权利。

33

当我想我能塑造一个出自我生命的形象，来给人们膜拜，我渗进我的尘土与欲望，还有我所有的染彩的妄想与梦幻。

当我要求你，用我的生命来塑一个出自你心里的形象给你来爱，你渗进你的烈火与力量及真理，爱及和平。

34

“陛下，”仆从报告国王，“圣人纳罗丹从没有允诺进入你的王庙里去。”

“他在路边树下唱上帝的赞歌，庙里没有礼拜的人了。”

“他们麕集他身边，似蜜蜂绕着白莲，留着金瓶里的蜜不顾。”

国王心里恼怒，来到纳罗丹坐在草上的地点。

他问道：“神父，为什么你弃我的金顶庙宇坐在尘埃中宣讲上帝的爱？”

“只为上帝不在你的庙里。”纳罗丹说。

国王颦眉说：“你知道吗？两千万金子耗掉来建成那个艺术的奇观，又是用化钱的仪式奉献给上帝的。”

“是的，我知道的。”纳罗丹回答，“这些事发生在那年，在千万个房屋被焚的人民空自站在你门外乞求援助的那年。”

“于是上帝说：‘这个可怜虫，他不能给他的兄弟住所却想来造我的屋子！’”

“因此他就同无家的人一起安身在路旁树下。”

“而那个金气泡是空无所有，只有骄傲的熏人蒸气。”

国王忿怒地喊叫：“离开我的国土！”

圣人安详地说：“是的，放逐我到你已放逐上帝的地方。”

35

号角躺在尘埃中。

风已疲惫，光已死去。

啊，凶恶的日子！

来啊，战斗者举起你们的旌旗，歌唱者唱着你们的战歌！

来啊，前进着的巡礼者，匆匆赶向你们的旅程。

号角躺在尘埃中等待着我们。

我走向通往庙宇的路，带着我黄昏的供物去寻求一天尘污劳作后的休息地；期望我的创伤会治愈，我衣服上的污点会洗白，当我发现你的号角躺在尘埃中。

是不是我点我黄昏之灯的时刻？

是不是夜晚已对星辰唱催眠曲？

哦，你，血红的玫瑰，我睡眠之罂粟已苍白而凋谢。

我确信我的流浪已完结，我一切的债已清付，当我意外遇见你的号角躺在尘埃中。

用你青春之魅力来敲打我昏沉的心！

让我生命的快乐燃成烈火。

让觉醒的箭飞着穿过夜的心脏，而畏惧的颤震动摇盲目及无能。

我来把你的号角从尘埃中举起。

睡眠不再是我的，我的路程将穿过箭阵。

有的将从他们屋子里跑出到我身旁，有的将低泣。

有的将在他们可怕的梦中在床上辗转反侧、呻吟。

今夜你的号角将响起来。

从你那里，我只求和平，却觅得耻辱。

现在我站在你面前扶助我穿上我的盔甲。

让苦难的重击把火打入我生命。

让我的心苦痛地跳，做你胜利的鼓声。

我的双手将是空无所有来拿起你的号角。

36

哦，美丽的！当他们在愉快时疯狂，扬起飞尘来污秽你的长袍，使我的心起厌恶时。

我对你叫喊：“拿起你处罚的鞭来裁判他们。”

晨光映射着那些眼睛，因夜间喧饮而发红的眼睛；洁白百合花的宁静迎接他们熏人的气息；辰星穿过深奥的神圣黑暗凝视他们的酒宴，凝视那些扬起飞尘来污秽你长袍的人，哦，美丽的！

你的裁判座是在花园里，在春鸟的音词里；在荫翳的河岸旁，那里树木低语回答水浪的低语声。

哦，我的爱人，他们在欲念中没有了怜悯。

他们在黑暗中巡劫抢夺你的饰物来修饰他们自己的欲望。

当他们打你使你疼痛，我的心刺痛时，我对你叫喊：“拿起你的剑，我的爱人，裁判他们！”

噢，你的处分却是留意的。

为他们的横蛮流着一个母亲的泪；一个爱人的不灭信心把他们反叛的矛隐藏在自己的创伤里。

你的裁判在不眠的爱之无言苦痛里，在贞洁人的赧颜里，在孤独者夜间的眼泪里，在宽恕的苍白晨光里。

哦，可怕的，他们在不顾一切的贪婪中晚间爬过你的门，闯入你的贮藏室，抢劫你。

他们掠夺物的重量增加到无限，沉重不能被带走，不能移动。

于是我对你叫喊，宽恕他们，哦，可怕的！

你的宽恕像暴风雨爆发，推倒他们，吹散他们的窃物在尘埃中。

你的宽恕在雷石里，在血雨里，在日落时的愤怒红色里。

37

乌帕吉普塔，如来佛的弟子，睡着在马图拉城墙旁的泥土中。

灯都已熄，门户都已关闭，而星星都被八月的阴暗天空所遮蔽。

那是谁的脚？丁零着踝铃声，猛然触着他的胸膛。

他惊醒，一个女人的灯散发的光，投射着他宽恕的眼睛。

那是个跳舞的女郎，闪亮的珠宝如星光，淡青的服装如云盖，沉醉在她青春的醇酒里。

她降低她的灯看见那张年轻的脸，严肃而俊美。

“原谅我，年轻的苦行者。”女人说，“幸运地到我屋子来吧。尘污的泥地，对你并不是适合的床。”

苦行者回答：“女人，走你的路，当时间成熟，我会来的。”

突然黑夜在闪电中露齿。

暴风雨在天角咆哮；女人惊恐得震颤。

路旁枝丫被沉重的花儿压得疼痛。

欢快的笛声在暖和的春风中远远飘来。

市民们都到林中去了，到花卉的节日去。

半空中满月注视着静寂城市的影子。

年轻的苦行者在寂寞的街上行走，头上有失恋的可爱鸟儿在檬果枝间发声，它们不眠地悲鸣着。

乌帕吉普塔穿过城门立定在城脚边。

是什么女人躺在他脚边的城墙暗角里，被黑死病所袭击？她的身体被脓疮所玷污，仓促间被驱出城。

苦行者在她身旁坐下，移放她的头在自己膝上，用水润湿她的双唇，又用油膏涂她身体。

“你是谁，慈悲的人？”女人问。

“谒见你的时间终于来了，因此我在这里。”年轻的苦行人回答。

38

我的爱人，在我们之间不仅仅是爱的嬉戏。

一次又一次，尖鸣的暴风夜突击我，吹熄我的灯火：黑暗的疑惑聚集涂抹我天空所有的星辰。

一次又一次，堤岸溃裂，潮水冲走我的收获，于是恸哭，绝望把我的天空从此端撕裂到彼端。

这个我已认识，你的爱有苦痛的击打，永无死亡的冷寞。

39

墙壁裂开，光，像神圣的笑，突然进来。

胜利，哦，光！

夜之心被刺洞穿！

用你雪亮的剑把疑窦与脆弱纠结剖分为二。

胜利！

来啊，深仇的！

来啊，在你白色中使人恐惧的。

哦，光，你的鼓声响彻在火的行进里，红色的火炬高举；死神在一个光辉的突发中死去！

40

火啊，我的兄弟，我对你歌唱胜利。

你是可怖自由的鲜红塑像。

你挥舞你的手臂在天空，你用你猛烈的手指扫过箜弦，你的舞曲真美妙。

我日子完结，门打开时，你会把这手足的索缚烧做灰烬。

我的身体与你合一，我的心将系络于你狂暴的漩涡；而那时我生命的烈火将焕发，混合在你的火焰里。

41

船夫在夜里出外渡那狂暴的海。

桅樯因为它的帆张满了烈风而疼痛。

天空被夜的毒牙所刺跌落在海上，被黑暗的恐怖所毒害。

波浪把它们的头撞击看不见的黑暗，而船夫出外渡那狂暴的海。

船夫已出外，我不知他有什么密会，用他的白帆骤惊夜晚。

我不知道在什么海岸，最后他登陆，到达那点着灯的静默庭院去找坐在尘埃中等待着的她。

那是什么探求使他的船不顾风浪与黑暗？

是不是那探求有大量的宝石与珍珠？

噢，并不，船夫哪有带来财宝？只有一朵白玫瑰在他手里，一支歌在他唇边。

是为她，为着点了灯孤独地看守黑夜的她。

她住在路边的茅屋里。

她松散的发丝在风中飘扬，遮蔽了她的眼睛。

暴风穿过她破门而尖叫，土灯的光闪摇投影在墙壁上。

从咆哮的风声里她听到他叫她的名字，她那没人知道的名字。

已经很久了，自从船夫起航。

距离他在黎明破晓前，走去敲门还要长久的时间。

鼓声不会响起，没有人会知道。

只有光将充溢屋子，尘土将受福，心将欢乐。

一切疑惑将悄悄地消失，当船夫到达了海岸。

42

我依附着这活的筏我的身体，渡过我凡尘年代的狭流，当我到达彼岸，就把它放弃。

于是？

我不知那里的光是不是和黑暗相同。

“未知”就是永久的自由；

他在爱中是没有怜悯的。

他压碎贝壳为了那珍珠，哑口在黑暗之牢狱中。

可怜的心啊，为了那些过去的日子，你沉思又低泣。

为要到来的日子高兴吧！

时钟已敲了，哦，巡礼者！

这是你们分路的时候了！

他的脸将再一次除下面幕，而你们将相见。

43

国王宾比萨尔用白色大理石造了一座庙，盖在如来佛的佛骨上以表敬意。

黄昏时国王家里所有的新娘与女儿们都献上鲜花与明灯。

当他儿子做了国王时，他用血液洗掉了他父亲的教条，把这教条的圣书燃起了祭礼之火。

秋天的白日将逝。

黄昏之礼拜钟点移近。

茜莉玛蒂，王后的侍女，她是专心皈依如来佛的，在圣水中沐浴过，用明灯与白色鲜花装饰了金盆，静静地抬起她乌黑的眼睛看着王后的脸。

王后惊恐而战栗地说："难道你不知吗，笨女孩？

死亡是给那个到如来庙礼拜的人之惩罚。”

“这是国王的意志。”

茜莉玛蒂对王后鞠躬，回身出门，来到王子新婚的新娘亚蜜泰面前站着。

一面磨光的金镜在她膝上，这新婚的新娘编着她黑而长的发丝，又在发的分界画上幸运的红点。

她的手颤抖，当她看见那年轻侍女，她喊道：“你要带给我什么可怕的危险？即刻离开我！”

肃克拉公主坐在窗前，依着落日的光读她的传奇小说。

她惊起，当她看见那带着神圣祭物的女侍在她门前，她的书从她膝上跌落，她在茜莉玛蒂耳边低语：“别冲向死亡，大胆的女人。”

茜莉玛蒂沿门走去。

她举头叫道：“国王屋里的女人们，赶快啊！”

“我主的礼拜时辰来了！”

有的当她面闭了门，有的辱骂她。

最后一线日光消失在宫塔的古铜圆顶上。

深影定住在街角，城市的杂沓静下来，湿婆庙中的铜锣布告晚祷的时间。

在秋夜的黑暗中深沉像澄澈的湖，星星因光而跳动，当御花园里的卫兵们震惊，看见树林那边一排灯点在如来庙里。

他们带着出鞘的剑跑去，叫着："你是谁，不顾死活的愚人？"

"我是茜莉玛蒂，"甜蜜的声音回答，"如来佛的仆从。"

刹那间她的心之血染红了冰冷的大理石。

在星星的静默时刻，礼拜的最后一盏灯之光在庙脚死去。

44

站在你我之间的日子行她相别的最后一鞠躬。

夜把面幕拉上她的脸，遮蔽了我房里点着的唯一灯盏。

你黑暗的仆从无声地到来，为你展开新婚的地毡。

让你独自和我坐着，在无言的静寂中直到夜终。

45

我的夜度过在悲哀的床上，我的眼睛疲乏，我沉重的心还未有准备去同早晨与它拥挤的欢快相见。

把幕盖上这赤裸裸的光，招呼这耀眼的闪光与生命之舞蹈远离他。

让你柔和黑暗的斗篷把我盖在它的折迭里，盖着我的苦痛，让我避一会儿世界的压力。

Magritte

46

我可以偿回她一切我所接受的时间已成过去。

她的夜已找到了它的晨，而你已承受她在你怀抱里，于是我给你带来我的感恩还有我的礼物，那些原是给她的。

因我对她的所有的伤害和无礼，我到你那里来要求原谅。

我为你服务献出这些我爱之花，这些当她等待着她们开放时仍是蕾的花。

47

为了给她的记忆一些玩耍的小玩具，我找到几封我的旧信仔细地藏在她的匣子里。

从时间的狂烈河流，她要想用懦怯的心偷窃这些无价值的东西，并说："这些只是我的！"

啊，现在没有人来要求它们，没有人能以慈爱的留意当做它们的代价，但是它们仍在这里。

一定的，在这世界里是有爱来到完全失败中救她，就是像这个她的爱，拯救这些信，用这样的怜爱的留意。

48

带美丽与秩序到我孤独的生命来，女人啊，像当你活着时带到我家庭来似的。

扫去时间的尘封碎片，注满这些空瓶，修理所有被忽视的。

那未启开庙的内门，点起烛来，让我们在我们上帝前静默地相见。

49

苦痛极重，当弦被调整时，我主！

开始你的音乐，让我忘却那苦痛；让我在美妙中感觉在无情的日子中你心中所想的。

残夜在我门前逗留，让她用歌来告别。

倾注你的心在我生命的弦里，我主，在你星辰间飘落的曲调中。

50

在一刹那的电闪光中，我在生命中看见你的创造是多么无限由世界到世界的几许死亡中的创造。

我因我的无价值而哭泣，当我看见我的生命在无谓钟点掌握中，但当我看见它在你手中，我就知道它是太宝贵了，不可浪费在幻影里。

51

我知道将有一个白日的昏暗终结，太阳会向我最后一次告别。

牧童们在榕树下吹笛，牛群在河旁斜坡上吃草，那时，我的时日将向黑暗消失。

这是我的祈祷，让我在离别前知道为什么大地呼唤我入她的怀抱。

为什么她的夜之静默以星辰对我谈话，她的光吻我的思想使开花。

我离开以前让我逗留在我的尾声中，完成它的音乐，让看你脸的灯点亮，来把加冕你的花环织成。

52

那是什么音乐？在它节拍中世界摇摆。

我们欢笑，当它敲在生命之绝顶；我们恐惧而畏缩，当它回向黑暗。

但演奏是一样的，它跟着无限音乐的节奏来去。

你藏匿你的财宝在你掌中，我们就呼喊我们是被劫了。

但是任你开合你的手掌，得与失是同样的。

你和自己玩的游戏中，你同时失败与胜利。

53

我曾用眼睛与四肢吻过这世界，用无数折叠把它包在我心中，用思想泛溢它的日夜，直到世界与我的生命已长为一体。于是我爱我生命，因为我爱天空的光这样交织着我。

如果离开世界是像爱它一样真实，那么，生命的相遇与分离必定有意义。

如果那份爱在死亡中被骗，那么，这欺骗的腐化将耗蚀一切，为此星辰要枯萎而变黑。

54

“云翳”对我说：“我消失。”“黑夜”说：“我投入热烈的黎明。”

“苦痛”说：“我深寂地留着的是他的足印。”

“我殁入完成。”我的生命对我说。

“大地”说：“我的光时刻吻着你的思想。”

“时日过去，”“爱”说，“但是我等着你。”

“死亡”说：“我驾驶你的生命之舟渡过海洋。”

55

诗人杜尔西达斯在恒河边漫步着沉思，在那孤寂的地带，那里他们焚化死人。

他发现一个女人坐在她丈夫尸体脚旁，穿戴得似结婚时的华丽。

她看见他就恭敬起立，对他礼拜说：“准许我，师父，得到你的祝福，来跟随我丈夫到天国去。”

“为什么这样躁急，女儿？”杜尔西达斯说，“不是这大地也是创造天国的人所有的？”

“我不渴望天国，”女人说，“我要我的丈夫。”

杜尔西达斯笑着对她说：“回家去，孩子，在一个月未满以前，你将找到你丈夫。”

女人带着快乐的希望回去了，杜尔西达斯每天来见她，使她想高超的思想，直到她的心被神圣的爱所充溢。

当一个月方过，她的邻居都来问她：“女人，你有没有找到你的丈夫？”

寡妇笑笑说：“我已找到了。”

他们急切地问：“他在哪里？”

“我丈夫在我心中，与我合一。”女人说。

56

你到我身边来一会儿，用在造化之心中的女人之庞大神秘来触动我。

她是永久在把上帝自己流出的甜蜜还给上帝；

她是大自然中永久新鲜的美丽及青春；她在潺潺的溪流中舞蹈，在晨光中歌唱；她与起伏的水浪同乳哺干渴的大地；在她的“永恒者”，因它再不能抑制自己的欢乐而分裂为二泛滥在爱之苦痛中。

57

她是谁，这位住在我心中，永远孤独的女人？

我向她求爱而没有成就。

我用花环修饰她，又唱歌赞美她。

微笑在她脸上闪了一会儿，又消失了。

“我并不能因你而快乐。”她叫着，这位悲哀的女人。

我带给她镶珠的踝铃，又用宝石点缀的扇子扇她；我给她在金床架上安置床铺。

一线欢快之光在她眼中闪烁，又死亡了。

“我并不能因这些而快乐。”她叫着，这位悲哀的女人。

我坐在胜利之车上，从世界这一尽头驰骋另一尽头。

被征服的心拜倒在她脚下，还有赞美之声响彻天空。

得意在她眼中闪耀了一会儿，被眼泪隐蔽了。

“我不因征服而快乐！”她叫着，这位悲哀的女人。

我问她：“告诉我，你寻求谁？”

她只说：“我等待着名字不知的他。”

日月过去，于是她喊：“什么时候我不认识的心上人将来到，让我永远认识他？”

58

你是那从黑暗中冲出的光，你是那从斗争的破心中萌芽的善良。

你是开向世界的屋，那向战场召唤的爱。

你是当每样都失败时仍是胜利的礼物，那流过死亡之洞穴的生命。

你是坐落在平凡尘土中的天堂，你的存在为着我，你的存在为着一切。

59

当道路的疲倦到临我身上，还有闷热的日子的干渴；当黄昏的似鬼钟点投向他们的幻影横过我生命，那时我不只喊着要你声音，我的朋友，而也要你的接触。

我心里有着苦痛，因为那些没有给你的财富之负重。

横过黑夜伸出你的手，让我握着它，充满它，并且保留它；让我在寂寞伸延的前途一路感觉到它的接触。

60

芬芳在花蕾里哭喊：“啊呀，日子去了，这春的快乐日子，我却是花瓣中的囚人！”

不要失去勇气，胆怯的东西啊

你的禁锢会爆裂，花蕾会开成花朵，而当你在生命圆满后死去时，春天也仍会活下去。

芬芳气喘，在花蕾内振动，哭喊：“啊呀，时间过去，但我不知我到那里去，我寻求的是什么！”

不要失去勇气，胆怯的东西啊！

春风已窃听了你的欲望，今日不会结束，在你成就你的存在之前。

将来对她是秘密，芬芳绝望地哭喊：“啊呀，是谁的过失，我的生命这样无意义？谁能告诉我，究竟为什么我存在？”

不要失去勇气，胆怯的东西啊！

完整的黎明接近，那时你将混合你的生命在一切生命中，最后知道你的本旨。

61

她还是一个小孩，我主。

她在你宫中四处奔跑游玩，而想把你也做成一样玩具。

她不顾她的发丝抛散，她随意地把衣服拖在尘埃中。

你对她说话她不回答，却睡着了，你早晨给她的花卉从她手中溜滑在尘埃中。

当暴风雨爆发，黑暗布满天空，她就不眠；她的玩偶散开躺在地上，她因恐怖而缠住你。

她怕她会在你服务中失败。

但是你微笑着注视她游戏。

你认识她的。

坐在尘埃中的孩子是你命定的新娘；她的游玩会静止而深浸入爱。

62

“哦，太阳，除去天空，还有什么能保留你的肖像？”

“我梦着你，但我永不能希望可服务你。”露珠哭泣说。

“将你放入我里面，那是我太渺小了，伟大的主啊，我的生命全是眼泪。”

“我照耀无边的天空，我却能仍委身于一滴小小的露珠，”太阳这样说，“我将变成只是一线光来充溢你，于是你的小小生命将是一个欢笑的球。”

63

我不要那不知约束的爱，只像飞沫的酒爆裂了容器一忽儿变为无用。

赐给我沉静的、纯洁的爱，像你的雨赐恩于干渴的大地，并充满粗陋的土罐。

赐给我那能渗入存在中心的爱，从那里会蔓延，像看不见的水分透过枝条茂畅的生命之树，使果子与花朵出生。

赐给我那用和平的充溢来保持心的静默之爱。

64

太阳已在河西的边缘下沉，在森林的丛莽间。

隐区的孩子们已带着牛群归家，围着火坐下倾听教师高塔马的宣讲，这时一个陌生男孩走来，用花与果礼敬他，拜倒在他脚边，用鸟一样的声音说：

“主啊，我到你这里来愿被领上至高真理的道路。”

“我的名字是萨蒂雅卡玛。”

“祝福你。”教师说。

“你是什么氏族，孩子？只有婆罗门适合升登最高智慧。”

“主啊，”孩子回答，“我不知我属哪一族，我回去问我母亲。”

这样说着萨蒂雅卡玛乃离去，涉过浅溪回到他母亲的茅屋，那立在荒漠沙地的尽头，静睡村落边缘的茅屋。

油灯朦胧的点在房里，而母亲站在门口黑暗里等待她儿子的归来。

她把他紧抱在怀里，吻着他的头发，问他关于到教师处去的事情。

“我的父亲叫什么名字，亲爱的母亲？”孩子问。

“只有婆罗门适合升登最高智慧，高塔马先生对我说。”

女人低垂她的双眼，低语说：

“我年轻时贫穷，替许多主人做事，你来到你母亲嘉莱彩的怀抱，我的宝贝，她没有丈夫。”

太阳最初的几线光闪耀在隐区森林的树顶。

学生们，他们纷乱的头发仍为早晨的沐浴而润湿，就古树下坐，在教师面前。

萨蒂雅卡玛到来。

他在圣人脚边俯身下拜，然后静默地站着。

“告诉我，”伟大的教师问他，“你是什么氏族？”

“我主，”他回答，“我不知道，我问母亲，她说，‘我年轻时侍奉许多主人，而你来到你母亲嘉莱彩的怀抱，她没有丈夫。’”

喃喃声响起，像愤怒的蜂群在它们巢中被骚动而嗡嗡不休，学生们怨言这被社会逐出者的不知羞耻的无礼。

教师高塔马站出来，伸出双臂，把孩子抱在他怀里，“你是最好的婆罗门，我的孩子，你有真实的最高尚继承。”

65

也许这城市中有一间屋子，今晨门户永远开放向日出的抚触，那里光的使命是成全了。

花朵既开放在篱笆上和花园中，也许在这清晨有一颗心在它们中间找到那礼物，那早在无尽期中旅行的礼物。

66

听啊，我的心，他的笛是野花香气的乐声，是闪光叶子的，潋滟水波的，以及朦胧中蜂翼鸣响的乐声。

笛从我朋友的唇间偷窃他的微笑开遍我的生命。

67

你始终独立在我歌之溪外。

我曲调的波浪冲洗你的双足　但我不知怎样我才能到达你的脚边。

这个你我之间的游戏是远距离的游戏。

是隔离的苦痛依靠着我的笛融化在旋律中。

我等待时间的来临，那时你的小艇渡向这岸，那时你会将我的笛拿进你自己的手中。

68

今晨，突然我心之窗飞开来瞭望着你的心。

我惊奇地看见你知道我的名字写在四月的叶与花里，于是我默坐着。

我的歌与你的歌之间的帷幕一时被吹开。

我发现你的晨光是充满我自己未唱的无言之歌；

我想我将在你足边学习它们，于是，我默坐着了。

69

你在我心的中央，所以当我心漫游，她永远寻觅不到你；到最后你避却了我的爱与希望，因为你是永远在它们之中。

你是我青春之活动中的最大快乐，而当我太忙于活动，我遗漏了快乐。

我生命狂欢之时你给我唱歌，我却忘记对你歌唱。

70

当你掌你的灯在天空，灯光投在我脸上，灯的影阴却降落在你身上。

当我掌着爱之灯在我心中，灯光投射你，我伫立在后面的影阴中。

71

啊，这波涛，这吞天的波涛，闪耀着光，跳跃着活力，旋转的欢笑之浪，永远冲激。

星辰颠簸在它们上方，各种颜色的思潮从深洋中发射出来，散布在生命之海岸上。

生与死随着它们的节拍起伏，我心之海鸥展开双翅欢鸣。

72

快乐从全世界飞奔来构造我的身体。

天光吻着又吻着她直到她醒来。

匆促的夏天之花卉在她呼吸中叹息，风与水之声在她活动中歌唱。

云彩与森林的颜色之潮的热情流入她生命，万物之音乐爱抚她的四肢成形。

她是我的新娘，她点燃她的灯在我屋里。

73

春，带着叶与花来到，进入我的身体。

整个清晨蜜蜂在那儿鸣响，风无聊地与阴影嬉戏。

甘美的泉从我心之心中喷出。

我的眼睛用欢快洗濯，像露洗的清晨，生命震颤在我四肢，像琵琶弹奏的弦。

是不是你独自漫游在我生命之岸，那里潮水泛滥，哦，我无穷期的爱人？

是不是我的梦翱翔在你周围像彩翼的飞蛾？

还有我存在之暗穴里回响的是不是你的歌声？

除却你，还有谁能听到今天在我血液中响起的密集钟点之鸣声，快乐的脚步在我胸中舞蹈，不息的生命之喧扰在我身体中扑翅。

74

我的桎梏已截断，我的债已付清，我的门已开放，我去到任何地方。

他们蹲踞在他们的角落里织着苍白钟点的网，他们坐在尘埃中数着他们的钱币，呼唤我回去。

但是我的剑已炼成，我已穿上盔甲，我的马热切于骋驰。

我将获得我的领土。

75

只是几天前我到你的大地来，赤裸，无名，号哭着。

今天我的声音欢欣，而你，我主，却站在一边让我有余地可以来充实我的生命。

就是当我带我歌来献给你时，我仍暗地希望着人们会为了这些歌来爱我。

你会发现，我爱着这个你带我来的世界。

76

我胆怯地蜷伏在安全的影子里，但现在，当快乐之波涛带我的心在浪顶，我的心紧执住它困难的残酷岩石。

我独自坐在我屋子的一角，想这屋子要来接待任何客人是太狭窄了，但是现在当门户突然为一个不请而来的快乐敞开，我发现这里有给你与给全世界的余地。

我踮起足尖行走，当心我自身，熏香又修饰过，但现在当一阵欢乐的旋风吹倒我在尘埃中，我狂笑着滚在你脚边的地上，像孩子一样。

77

世界即刻是你的，永远是你的。

因为你没有需要，我主，你对你的财富并无兴趣。

好像它是零。

所以经过漫长的时间你不断给我你的东西，你从我不停地获得你的国土。

日以继日，你从我的心买到你的日出，你找到你的爱，雕成我生命之塑像。

78

你给鸟儿以歌曲，鸟儿以歌曲来报答你。

你只给我声音，却要求更多，于是我歌唱。

你造你的风轻快，它们敏捷地服务，你重累我双手，使我能自己来减轻它们，于是最后，为了来服务你，获得无累的自由。

你创造你的“大地”，用光之碎片来充满它的影阴。

到那地步你停顿了；你留我空手地在尘埃中来创造你的天堂。

其余的万物你给与；对我你却要求。

我生命之收获在日光及阵雨下成熟着，直到我收获更多于你的播种，使我的心欢欣，哦，金谷仓之主。

79

让我不要祈祷着从险恶中得到庇护，但祈祷能无畏地面对它们。

让我不乞求我的痛苦会静止，但求我的心能征服它。

让我在生命之战场不盼望同盟，而使用我自己的力量。

让我不在忧虑的恐惧中渴念被救，但希望用坚忍来获得我的自由。

允准我，我虽是一个懦者，只在我的成功中觉得你的仁慈；但让我在我的失败中找到你手的紧握。

80

当你独居时，你不知道你自己，那时没有使命的呼唤，风从这里跑到更远的彼岸。

我到来，于是你苏醒，而天空放满了光。

你使我在多少花卉中开放，拴我在多少方式的摇篮中，藏放我在死亡中又再发现我在生命中。

我到来，你的心起伏；苦痛降临到你身上使你快乐。

你抚触我，刺激我进入爱中。

但我双眼里有惭愧之薄幕，我胸膛中有恐怖的闪烁；我的脸是覆着纱，当我不能见你，我悲泣。

但我知道你心中有无限的见我之渴望，在旭日一再的叩门声中，那渴望在我门前呼喊。

81

你，在你的无时间的守望，倾听我行近的脚步声，那时你的欢乐聚集在晨之曙光中，而迸裂在光之爆发中。

我愈行近你，海之舞蹈的狂热愈深。

你的世界是一株多枝丫的光之梗充满你的双手，但你的天国却在我秘密的心里；它渐渐地在羞怯的爱中开放花蕾。

82

我独坐在静默思想的影子里，我将说出你的名字。

我将不用字眼来说它，我将无故地说它。

因为我是像一个小孩成百遍地叫着他的母亲，高兴他能说“母亲”。

83

（1）

我觉得所有的星辰照着我。

世界冲入我的生命似洪水。

花卉开放在我体内。

所有水陆的青春似熏香般熏蒸在我心中；万物的呼吸奏着我的思潮似笛的吹奏。

（2）

当世界入眠，我来到你门前。

星星默默无言，我不敢歌唱。

我等待着，看守着，直到你的影子经过夜之凉台，我抱着一颗洋溢的心回来。

于是在晨光里，我在路旁歌唱；

篱间的花回答我，早晨的空气在倾听。

旅客突然停步看看我的脸，以为我呼唤他们的名字。

（3）

留我在你门口永远侍候你的愿望，让我行走在你的国土，接受你的呼唤。

不要让我沉沦，消失在阴郁的深渊。

不要让我的生命被无谓的困乏耗损成碎片。

不要让这些疑虑包围我迷乱的尘埃。

不要让我追逐许多路径来聚集成许多俗物。

不要让我的心屈服于许多羁绊。

我是你仆人，我应该得意而勇敢，让我把我的头抬高。

84

划手们

你听到了远处死亡的喧嚣否。

那大潮与毒雾中的呼声。

“船长”呼喊舵夫把船转向一个未名的岸。

因为那个时期已过去，在港内停滞时期

那里同样的旧货是买进又卖出作一个无穷的循环。

那里死东西漂流在真理的润泽与空虚中。

他们在突然的惊恐中醒来问：“同伴们，敲几点钟了？什么时候黎明将破晓？”

烟云涂抹了星辰，

有谁能见到白昼的招呼之手指。

他们手执划桨跑出来，卧床是空了，母亲作祈祷，妻子守候在门口，

别离的哭声冲向天空，
而黑暗里有“船长”的声音：
“来吧，水手们，停留在港里的时间已过！”

世界一切黑暗的罪恶泛滥到了岸上，
但是，划手们，你们灵魂上带着忧患的祝福就位吧！
你们谴责谁，兄弟们？低垂你们的头吧！
罪孽是你们的亦是我们的。
在上帝心里几许时代增加的烈焰，
弱者的懦怯，强者的骄矜，臃肿繁荣的贪婪，冤屈者的仇恨，种族的傲慢，还有对人类的侮辱，
冲破了上帝的和平激荡于暴风雨中。

像成熟的荚，让风暴把它的心裂成片片，散布出雷声来。
停止诋毁与自夸的喧哗。
带着默祷的平静在你们额头，航向那未名的岸。

我们每天知道罪与恶，我们已知道死亡；他们经过我们的世界像烟云，嘲笑我们于他们瞬息的狂笑。

突然他们停止了，变成一个怪物，

而人类必须站在他们前面说：

“我们不怕你，哦，怪物！因为我们天天征服你而活着。”

“而我们死去也带着信心，就是‘和平’是真理，‘善’是真理，而真理是永恒的‘一’！”

假使“不灭”不居住死亡的心里，

假使欢快的智慧花开时不裂开悲哀的鞘，

假使罪恶不死于它自己的显露，

假使傲慢不碎于装饰的重负，

那么是何方来的这希望，把这些人赶出他们的家，像星辰在晨光里冲向死亡？

是否殉难者的血，慈母的泪之价值将完全消失在大地的尘埃中，不以他们的代价换得天国？

而当“人”裂开他尘世的系缚，不是那些“无边”就显露了吗？

85

失败者之歌

我主命我站在路旁时歌唱“失败”之歌，因为那是“他”秘密求婚的新娘。

她带了黑暗的面幕，对人群遮蔽她的脸，但她胸前的宝石在黑暗中闪烁。

她被白昼所遗弃，而上帝的夜晚是等待她，点着灯，花卉被露湿透，准备了露湿的花卉。

她沮丧的眼睛向着地，静默无言；她离弃她的家在后面，从她家来的是风的号哭。

可是星辰对那为羞耻及受难而甜蜜的脸唱着永恒的恋歌。

寂寞之室的门已开，呼声已响起，而黑暗的心畏敬地跳动，为了临近的约会。

86

谢 恩

那些人走着骄矜之路，压碎低微的生命在他们的足步下，用他们血污的足迹覆盖大地的嫩绿。

让他们欢欣，感谢你，主啊，因为今天的胜利是他们的。

但是我却感谢我是与受难及忍受权力的重负之卑微者一起，他们遮掩他们的脸，在黑暗中抑制他们的哽咽。

因为他们苦痛的每一跳，震动在夜之秘密深处，每一侮辱已聚集在你伟大的静默里。

而明天是他们的。

啊，太阳，升起在流血的心上，开放在早晨的花里，于是傲慢的纵宴火炬萎缩为灰烬。

图书在版编目（CIP）数据

小船儿划过鱼群，划过繁星：泰戈尔诗选 / (印)
泰戈尔著；糜文开，糜榴丽，裴普贤译. — 贵阳：贵
州人民出版社，2022.8
ISBN 978-7-221-16937-2

Ⅰ. ①小… Ⅱ. ①泰… ②糜… ③糜… ④裴… Ⅲ.
①诗集—印度—现代 Ⅳ. ①I351.25

中国版本图书馆CIP数据核字（2021）第233797号

出 版 人：王　旭
责任编辑：祁定江
特约编辑：刘　锋
封面设计：刘　霄
版式设计：任贤贤

书　　名：小船儿划过鱼群，划过繁星：泰戈尔诗选
作　　者：泰戈尔
出版发行：贵州出版集团　　贵州人民出版社
地　　址：贵阳市观山湖区会展东路SOHO办公区A座
印　　刷：天津行知印刷有限公司
开　　本：880mm × 1230mm 1/32
印　　张：8.875
字　　数：70千字
版　　次：2022年8月第1版
印　　次：2022年8月第1次印刷
书　　号：ISBN 978-7-221-16937-2
定　　价：59.00元